40歳がくる!

雨宮まみ

大和書房

40歳がくる！

目次

Web連載「40歳がくる!」

はじめに 009
声出していこう! 015
鏡、捨てたい! 027
裸になっていこう! 035
変身していこう! 045
親が死ぬ 053
傷口に酒を塗れ! 065

欲望に溺れる 077
東京の女王 085
背中見せていこう！ 097
お金、どうする!? 107
40歳で人生が始まる 121
恋愛、どうする!? 129
自撮り、どうする!? 139
だんだん狂っていく 未発表原稿 149

特別寄稿

雨宮さんと『女子をこじらせて』　小嶋優子　163
東京のプリンセス　山内マリコ　173
雨宮さんの言葉　穂村 弘　176
私の中の雨宮さん　こだま　182
拝啓、雨宮まみ様　ペヤンヌマキ　186
雨宮さんが私を見つけてくれた。　里村明衣子　190
書くことの厳しさ　吉田 豪　197
雨宮まみと「女子」をめぐって　住本麻子　201
2016年11月の日記より　松本亀吉　216
もう花束みたいな恋なんてしない　松本亀吉　221
東京で聖者になるのはたいへんだ　九龍ジョー　226

AVライター失格　249

Web連載「40歳がくる！」

はじめに

「四十歳になったら死のうと思っている。」

桐野夏生『ダーク』の有名な冒頭の一文である。この一文のあと、主人公の女探偵は、自分のこれまでの人生に決着をつける旅に出る。

私の中で漠然と、40歳というものはそういうものだという認識があった。覚悟を決めたり、何かをつきつめたり、しっかりと定まった目標に向かってゆく年齢。若くはないとしても、その姿を想像すると、意志のあるそんな四十女の顔は、どんなにかっこいいだろうと思っていた。

実際のところ、40歳というものが、自分にもやってくるのだと実感したのは、37歳になったときだった。自分は「なんとなく35歳ぐらい」だと思っていたのに、ぐっと「だいたい40歳」側に近づいた感じがした。

30歳になるときに、こんなことはなかった。そりゃあもう、30歳になるということは怖かったから、25歳のときから心の準備をして、年が明けるごとに誕生日より早く「今年は26歳になるんだから、もう26歳のつもりで過ごそう」なんて思っていた。

30歳までに何かを成し遂げないといけないと思って、焦っていたのもある。仕事である程度やっていけるようになっていたい、結婚もしていたい、していなくてもいい恋愛をしていたい、30になってもまだ男から求められるような性的な魅力や美しさを保っていたい……。とにかく欲望だらけだった。その欲望だらけの30歳を迎えるために、25歳から必死で準備をしていたと言ってもいいだろう。

しかし、40歳については、なーんも考えていなかった。「仕事、続けていけるのかなー」という漠然とした不安はあったものの、今から転職っつうのもピンと来ないし、これから何か新しいことを始めよう！　みたいな意欲もない。どちらかというと「40歳になったら、死んでもいっかと思っていた」という感じである。

なんでこんなに40歳について、何も考えず、何の覚悟もしていなかったんだろうか。

私はなんとなく、恋愛とか性欲とかそういうことは、四十過ぎればそこまで興味のど真ん中にあるものではなくなるんじゃないかと思ってたし、自然と性欲も薄れて、穏やかな目で過ごせるんじゃないか、と思っていた。恋愛も、いい感じの距離感の人といい感じのおつきあいをしたりして、泣いたりわめいたり、結婚してくれるのしてくれないの⁉ みたいな話とは無縁になるんじゃないかと思っていた。

要するに、40歳になれば、自然と肩の力の抜けた、いい感じの女になれるんじゃないか、という幻想があったのである。そして、もちろんそれは、ただの幻想だった。

37歳になってみると、恋愛も性欲も下がるどころかあばれ太鼓みたいに「もうこれが最後の恋かも」「こんなたるんだ身体の女にセックス試合を申し込んでくれるのはこの男で最後かも」とガツガツし始めるわ、「で、結婚ってどう思ってるの?」と交際当初にストレートに詰めては去られちゃうわ、もう男女関係はめちゃくちゃになった。

自分をどう捉えたらいいのかもわからなくなった。周囲の視線がまず変わる。20代なら「若いですねー」で済む。30代だと「え、見えなーい」に変わる。37歳を過ぎてアラフォーと呼ばれる領域に入ると、その「え、見えなーい」の間にコンマ1秒の間が空くし、なんか、こっちも正直、そんな言葉が欲しいわけじゃないのである。

若くないことぐらい知ってる。自分がどのくらい若くてどのくらいきれいで、どのくらい男の視線を集めているかなんてことは、知りたくなくても知ってる。もう若くなくても、それでも魅力的であると褒めてくれるような言葉は、この国にはないのか。

私はこの前、医者にさえ「雨宮さんはもちろんまだそんな年齢には見えないですけど、このくらいの年齢になると視力にはだんだん問題が出てくるんですよ」と言われた。ねぇ、その前半要るか⁉って感じだけど、サービスで褒めてくれてるんだろうから嚙み付くのもバカみたいだし、「いやーもうこのトシですからね、アッハッハ」と自虐でのっかってやるのも虚しい。

若いときは「若いね」で済むけど、歳を取ったら異様に美しい美魔女かババアかみたいな選択肢しか用意されてなくて、過剰に褒めるか不当に年齢や見た目のことでけなされるかの道しか待ってなくて、「普通の40歳」っていうのは、ないんだろうかと思い始めた。

「私のままの40歳」って、ないんだろうか。そんなことを思い始めたときに、見なきゃいいのに自分への評価をネットで見てしまうと「ババアの発言ってネチネチしてて陰湿」「アラフォーババアだから若い女がうらやましくて仕方ないんでしょ」「サブカルこじらせババア」（妖怪ですか）というような言葉が並んでいて、肩の力ではなくヒザの力が抜けた。

なんか、もちろん、そう呼ばれる年齢だということは知ってはいた。けれど、自分としては、生きてて40歳になることなんか普通だし、見た目のことについても「今年四十になるにしては、まあまあいいじゃん」と思える程度だったのに、「ババア」と呼ばれると、怒りとか失望とかよりも先に「ああ、こういう『女の年齢』ってものに、いつまでつきあわされるんだろう？」という気持ちがわいてくる。

若さや美しさに嫉妬？　そんなこと、まともにしていたら、40歳まで生き延びることはできなかった。自分より若くて美しい人間は死ぬほどいる。さらに自分より才能もずっとあって、お金もずっとあって、成功している人だっている。そういう人たちの前で、「自分は自分です」と存在するために、卑屈にならずに快適な友達付き合いができるように、どれだけ気持ちをしっかり持ってきたことか。

いつまでも若い人でいたいわけじゃない。もうババアですからと自虐をしたいわけでもない。私は私でいたいだけ。私は、私のままで、どうしたら私の「40歳」になれるのだろうか。そしてどんな「40歳」が、私の理想の姿なのだろうか。

そういうことを、40歳を迎える今年、書いてみたい。

声出していこう！

40歳が近づいてきて、まず最初に焦ったことは「仕事」だった。ライターの世界では「自分より年上のライターとは仕事しにくいからって理由で編集者の依頼が途絶える」というのはほぼ定説だし、自分の書いているものが同世代の女性に向けてのものが中心なため、年齢層が上がっていったらどうなるのか、正直予想がつかなかった。

女性エッセイの棚は、だいたいキラキラしていて、20〜30代向けという感じがする。そもそも私の本は、そのキラキラ棚の片隅の「キラキラしてるやつとはちょっと違いますよ」的なポジションに置かれているのが現状だ。とりたてて詳しい専門分野もないのに、この世界でこの先、ご飯を食べて家賃を払っていけるのだろうか。

何かこれというジャンルを見つけて、今からでも勉強して知識をつけるべきなのだろうか。でもそれって、自分のやりたいことなのだろうか……。そんなことを考えていたとき、祖母が亡くなり、葬儀に出ることになった。

できたばかりだという真新しい斎場で、葬儀は滞りなく行われたが、司会の女性が「それでは最後に、故人の思い出をみなさまとともに振り返りたいと思います」と言いだした。「え？」と思っていると、デジタルフォトアルバムに過去の写真が映し出され「○○さんは、○年に○○市に生まれ、○年に伴侶となる○○さんとめぐり会われました」と、祖母の人生紹介が始まった。この時点では「身近な人物のことって意外と知らないものだなぁ」なんて感心していた。

ところが、後半に入ると「○○さん、あなたは、晩年は折り紙を折られ（折り紙工作が趣味だった）、大正琴を奏でられ、ご旅行を趣味にされていましたね」などと、なぜか「あなた」が入る呼びかけ口調に変わっていった。

私は思った。「これが、最近流行っていると噂の『斎場ポエム』というやつか！」と。そして、猛烈に怒っていた。ポエムで葬儀のムードを壊されたからではない。ポエムの内容があまりにも薄かったからである。私だったら遺族に30分インタビューして、もっと会場をガンガン泣かせる原稿書いてやるのに……。

そこまで思ってハッとした。これからの高齢化社会、人死にだけはなくならない。私はインタビューができ、原稿が書ける。あとは読めれば「斎場ポエマー」として、副業ができるのではないか、と。

その頃、もうひとつ考えていたことがあった。出版不況のせいか、都内では本の出版記念イベントというものが異常に増えていた。しかし、しゃべるのが本職でない人間が人前に出て、いきなり流暢なトークができるわけではない。いろんなイベントを観もしたし、出もしたが、イベントが面白くなるかどうかは司会や出演者の腕にかかっている。特に3人以上のゲストが来る場合、うまく仕切れる人がいない限り、誰かに話が集中してしまったり、バランスの悪い進行になりがちだ。自分でも「うまくしゃべれなかった」と後悔することが多かった。

特にこのとき、NOTTVの『禁断ガール』というトーク番組に隔週で出演し始めていて、もちろんしゃべらなければいけないのだが、MCの東幹久さんに隣の席から近距離で「雨宮さんはどう思う？」と訊かれると、その目力に圧倒されてドキドキしてしまい、もうぜんっぜんうまい返しができないのである。こんなんでギャラをもらっていいのか、という苦い気持ちが続いていた。

しゃべれるようになりたい。ちゃんとしゃべれるようになれたら、何か、別の道が開けてくるかもしれない。そんなことを思い、私はボイストレーニングの学校を検索し、申し込み、通うことにした。

「ライターさんなんですね。それで、イベントとかで人前でしゃべる機会もある、と」。先生は、どういう練習をするか考えている様子だった。確かに、しゃべるのが上手くなるというのは、ボイストレーニングとは別の分野の話である。

「あの、とりあえず緊張して声が小さくなったり、早口になったり、舌がまわらなかったりして言いたいことが伝わらないっていう状態を避けたいんです」。私がそう言うと、まずは滑舌の練習から始まった。あの有名な「ガマの油売り」もやった。

ライターというのは、インタビューのテープ起こしなどで自分の声を聞く機会も多い。私は通りの悪い自分の声が嫌いだったので、そのことも相談し、声がまっすぐに通る発声法もやってみた。

まぁ、本来ならそういう地道な訓練を繰り返していくものなのだと思う。しかし、私も先生も、正直この練習にだんだん飽きてきていた。大の大人が狭いスタジオで顔つきあわせて、特にできても喜びのないガマの油売りをやってても、しょうがないんじゃないか……という倦怠感が訪れたのである。

「最近、何かありましたか？」。レッスンはいつもそこから始まる。私は「イベントに出ました」とか、「番組の収録で、前よりは話せました」とか、優等生的な答えをしていたのだが、その日はなぜか、もっと先生に対して正直になってみようと思った。

「初めてプロレスを観に行ったんです」

「へぇ、どこのですか？」

「新日本プロレスで、すごいかっこいい選手がいたんですけど、恥ずかしくて名前を叫べなくて」

「誰ですか？」

「中邑真輔《なかむらしんすけ》選手です」

「あぁー！　じゃあまず叫んでみましょうか」

「えっ」

「はい、3、2、1でいきますよー。3、2、1！」

「し……しんすけー！」

「喉が開いてない！」

「しんすけーッ！」

「会場どこですか？」

「両国国技館です」

「国技館じゃ届かないですよー、ハイもう一回！」

「しんすけーーーッ!!!」。

何をやっているんだろうか。しかし、この一件で、私は先生となんだか多少、腹を割って話せるようになった。先生も、私にとって楽しめるようなレッスンをしたいと思っていることがよくわかった。

「喉を広げて声を通すために、歌ってみるのはどうでしょう。何か歌ってみたい歌、ありますか？」。次はそう訊かれた。

「歌えるかどうか自信はないんですけど、『Let it go』が歌ってみたいです」

「え、松たか子のほうじゃなくて？」

「イディナ・メンゼルのほうが好きなんです」

「わかりました。じゃあ入れてみましょう」。先生がスタジオ内のカラオケのボタンを押す。

「最初のサビはもっと抑えめで、二度目で爆発させる感じで、抑揚を大事にするといいですね」と的確なアドバイスを受けながら、私は「あの、先生、私これいつもアニメのままの振り付きで歌ってて、それがないとどうにも感じが出ないんで、身振りつけてもいいですか？」と言っていた。先生はまったく動じず、笑って「いいですよ！　マイクスタンド出しましょう！」とスタンドを立ててくれた。私は吹雪の中を歩き、手袋を外し、マントを外し、足を踏み出し、王冠を投げ捨てて窓を開けながら「レリゴー、レリゴー」と解放の歌を歌い続けた。


結局、ボイストレーニングには半年ぐらい通った。話すのが上手くなったとはとても言えないが、先生の前で「しんすけーッ！」と叫び、「レリゴー」を感情込めて歌い上げることで、私の中で「人前で大きな声を出すことへの恐怖感」みたいなものは、ずいぶん消えた。音痴でも別にいい、という開き直りも生まれた。

斎場ポエマーへの道が開けたかはわからないし、トークイベントでのトークは相変わらず下手なままだ。『禁断ガール』では、東さんの目力にだいぶ慣れ、東さんの人柄の良さに触れてだいぶリラックスして話すことができるようになった。

世の中には「そんなことして、何の役に立つの？」というようなことがある。私のボイストレーニングも「ほんとにそれ、やるべきことなの？」というようなものだったかもしれない。

あの時間は、べつにすごく好きな時間でも、大事な時間でもなかったけれど、私の体感を変えてくれた貴重な時間だった。長い間、声を出すこと、しゃべることが恥ずかしかった、そのことを変えてくれたし、私はそれ以来、しゃべること以外でも、なんだか多少の恥ずかしいことは、全然平気になってしまったのだ。

「そんなことして、何の役に立つの？」ということの中にも、なにか役に立つことはある。あの、ただ叫んだり歌ったりしているだけのボイストレーニングに通ったことは、「そんなトシでそんなことして何になるの？」と言われることが増えるであろうこの先、覚えておきたい体験になった。

鏡、捨てたい！

30歳を過ぎてから、私は老化について、顔のことばっかり気にしていた。とにかく老けるのは顔だと思っていたし、35歳を過ぎたあたりから、化粧品のカウンターでアンケートに出される、「お肌の気になる点にチェックを入れてください」という項目で「美白、肌のたるみ、シワ、毛穴、くすみ」のすべてに片っ端からチェックを入れるはめになった。「なんでもいいから全部に効くやつがあればくれ」。たぶんみんなそう思ってる。

まぁ、顔の老化は予想もしていたから、そこまで急にショックを受けることはない。目尻のシワなんて予想通りだし、ほうれい線もまぁこんなもんだろう。しかし、実際、顔以上にくるのが髪と身体である。

髪のことなんて、若い頃は気にしたこともなかった。くせがあるとか髪の毛の量が多いとか悩んだことはあっても、まさかこんなにコシがなくなり、白髪が出てきてしょっちゅう染めなきゃいけなくなり、バッサバサにパサついてくるなんて！　顔のことは考えていたから、どういうクリームがいいとか美容液がすごいとか、いざとなったらボトックスがあるとか知ってはいたが、髪のことはまったく考えていなかったので、どこの何がどう効くのか最初はさっぱりわからなかった。頭部を立体的に見れば3／5ぐらいの面積は髪なので、髪の印象はけっこう重要なのだ。サイン会などで人前で頭を下げて文字を書くとき、私の思うことはひとつ「分け目のところにある伸びかけの白髪をどうか見つけないでください」である。染めたてでも、染めたところだけ微妙に茶色く光ったりして、わかるのだ。あれが、気になってしょうがない。

そして、もうひとつ、すっかり忘れていたのが身体のことだった。太りやすくなるというのは聞いてはいたけれど、特に何もしなくてもそんなに太らなかった20代から、30代になると今度は、特に何もしなくても年に1キロ、2キロとじわじわ体重が増え始め、37、8になる頃には、平気で7、8キロ増えている。

まず、服が入らなくなる。これまで、伊勢丹やルミネに置いてある服はすんなり着れたのに、腰回りが入らないとかジッパーが上がらないとかいうことが起き始める。ヤングのサイズとは違うというメッセージを身体が発してくる。もちろん無理矢理着ても、ボディラインはごまかせない。

服がこうなるということは、もちろん下着方面にも問題はやってくる。増えてほしいカップ数ではなく、アンダーバストがなんかきつい。ストラップレスブラを一日つけていると、肌が擦れて傷になっていたりし始める。そして、気の利いた店の試着室についている三面鏡で背中側の鏡なんかを見てしまうと、ブラの上に背中の肉が乗っている。お腹が出るだけでもつらいのに、まさか背中までとは……。加齢とはかくも容赦のないものなのか、という気分である。

ハリウッド女優のようにビシッとトレーニングしてきれいに腹筋を割るべきなのか、家でできる簡単な筋トレを取り入れてダイエットに励むべきなのか……そんなことも頭をよぎるが、このトシになればそんなもの一通り全部経験及び挫折済みで、ジムはおろかホットヨガもフラメンコもバレエも、痩せそうな運動は一通り通って通り過ぎているのだ。ジュースクレンズも断食道場もだいたいやってる。もう一度やる勇気をひっぱり出せないこともないが、運動は「ここまでやればＯＫ」という地点がない。やめればまた太るだろう。死ぬまでやらなきゃいけないのかと思うと、たとえ1日たった10分の筋トレですよ〜と言われても、重い。それを何年やらなきゃいけないんですか⁉ と思う。

服を着るよりもっと問題なのは、裸になる場合である。もう、これはごまかしようがない。昔、投稿雑誌で取材をしていた頃、投稿写真を撮っている人に「いつも18歳から20歳までの女性を撮られてますが、その年代の女性がお好きなんですか？」と訊いたところ、「それ以上の年齢だと、肌の質感がもう駄目なんです。ハリが違うんですよ、ハリが」とまるで虫を見るような目つきで見られたことがある。

確かに肌も変わる。肉質も変わって、柔らかくなる。自分では、それは決して悪い変化だとは思わなかったけれど、果たしてこれが男心をそそる変化なのかどうか、そこには1ミリも自信がなかった。

セクシーな服が入らない。セクシーなランジェリーも似合わない。これで、いったいどうしろというのか。顔の老化なんて、思えばまだまだ、たいしたことではなかった。「急にこれまで似合ってた服が、顔がくすんで似合わなくなる瞬間が来る」なんて話も聞いたことはあったけど、そういう瞬間は40歳になる前でも定期的にやってくる。その度に似合うものを検討し直せばいいだけのことで、それは決して嫌な作業ではなかったし、これまで似合わなかった服が似合うようになることでもあるから、どちらかというと楽しかった。

しかし、四十前にやってきたこの「服が入らない問題」は、すごく意欲をそがれるものだった。服がかっこよく着られない。自分の下着姿すら、目をそらしたい。

いくら自信を持ちたいと思っても、自分で自分の状態に納得がいっていない以上、なんかとても後ろめたくて、自信なんか持てない。「もう四十近いんだから、これぐらい普通でしょ」という気持ちもあるけれど、気に入った服をきれいに着たい執着が私には強かった。

筋トレしても、痩せても、たぶん自分が怠け者である以上、太ったり痩せたり、それで落ち込む瞬間はきっと、この先何度でもやってくる。私が、毎朝ジョギングをしてそれで健康になって痩せて村上春樹みたいな文章を書き始めちゃうなんてことはあり得ない。だから、もっと、根本的なところで自信が欲しい。ちょっとぐらい太っても、痩せても、そんなことで揺るがない自信が欲しい。

そう思った私は、ある行動に出ることになる。（次回に続く）

裸になっていこう！

私の世代のバイブルと呼ばれるドラマ『セックス・アンド・ザ・シティ』で、好きなエピソードがある。いや、好きなエピソードはそりゃあもういくつもあるのだが、「これ、私もいつかはやってみたい」と思って、覚えていたエピソードがある。それは、サマンサという性的に奔放な人物が、自分のヌード写真を撮って、部屋に飾る、というものだ。

彼女は、自分のことが大好きで、ナルシストな自分を恥じない。堂々としている。メインの登場人物4人の中で、彼女がいちばん美しいというわけではないのに（彼女が最年長である）自分の裸がきれいなうちに撮りたいと思ったら、撮る。臆面もなく腕の良いカメラマンに依頼して、最高の出来の写真を撮ってもらう。

若さを失うということは、可能性を失うということである。私はこの「可能性」という言葉が、若い頃は大嫌いだった。「若いんだからなんでもできる」なんて言われても、目の前にはいろんな壁があって、「なんでも」なんてできなかった。可能性はあっても、どれかを選べば、他の選択肢は消える。それを選ぶプレッシャーはきつかった。

その「可能性」がどんどんなくなって、38歳で私は突然、自由を感じた。「失うものが減ってきた」という身軽さを感じた。

今なら、なんでもできる。やりたかったこと、我慢なんかしなくていい。失うものも捨てるものも、もうあんまりない。

昔は、裸になったら、失うものがあると思っていた。人に何を言われるかわからない。流出したらどうするんだ、とか、そんな写真を撮らせるような女だと、好きになった相手に軽蔑されたらどうしよう、とか、こまごましたことを考えていた。

でも、もうこんな風に、年齢のことでごちゃごちゃごちゃごちゃ、細かいことで一喜一憂するのなんかごめんだ。男の視線が気にならないと言えば嘘になるけど、もっと根本的なところで、私は私をそのまま肯定したい。私は私だと、どんな姿でもどんな年齢でも私は私だと、自分で自分に宣言したい。

ナルシストになりたい。自分で自分に酔いしれるくらい、自分のことを好きになりたい。多少太ったとか痩せたとか老けたとかそんなことでは動じないくらい、自分を好きになりたい。急に、湧き出る泉のように、そんな気持ちがこみあげてきた。

まず、いきなり友達に連絡した。

「個人的に、裸を撮影してくれるカメラマンさん、知りませんか？」

「えー、うん、知ってるけど、ポップな感じと、ニュアンスのある感じと、どっちが好き？」

「私がポップって顔してると思います⁉」

「じゃあ、すごくいいのはこの人かな」

送られてきたURLには、好きな感じの写真が並んでいた。この人に、私は裸を撮ってほしい。そう思って、すぐに連絡した。メールでなぜ撮ってほしいと思ったかなどを簡単に話し、私の家でテスト撮影をすることになった。

家に人を呼ぶことすらめったにないのに、初対面の人が家に入ってくる。そして、私の写真を撮ってくれる。

写真を撮られること自体、私は得意じゃない。意識しすぎてどうしてもこわばった顔になってしまう。なのに、さらに追加で裸だ。こわばるどころの騒ぎじゃない。

覚悟はしていたし、相手はプロなんだから、恥ずかしいとか、どうしようとかいう気持ちはそんなになかったが、「そのセーター、脱げる？」と言われたときは、「脱げます」と言いつつ、セーターとは別のなにかを脱ぎ捨てていくような感じがした。

自分で自分の首から下を見られなかった。どんなになってるのか、怖くて見れないのだ。すっごくたるんでたらどうしよう。もう見せてしまったものはしょうがないのに、泣きたいくらいひどい様相を呈してたらどうしよう。撮られている間が、私は自分の身体からいちばん目をそらしていた時間だったように思う。

自分の身体なんて、見たことある、知ってる、と思ってたけど、それが寝そべったり座ったりしたときにどんなふうになっているのか、私は全然知らなかった。

そんな自分さえ知らない部分を、ただ見つめて、写真を撮ってくれる人がいる、その時間は、これまでに体験したことのない時間だった。

大げさかもしれないけれど、すべて、許されている気がした。醜くても、これがもし、いい写真にならなくても、それでもいいと言われているような、そんな気がした。

撮影が終わって、コーヒーをいれた。

その日が初対面なので、いろいろ話をした。

うちは狭くて、お客さんをもてなすスペースがないから、チェストの上にコーヒーと灰皿を置いて、少し窓を開けて、そんな状態で話をした。忙しい人だと聞いていたので、引き止めるのは迷惑じゃないかと心配しつつ、いろんな話をした。

裸も部屋も見られている、初対面の人と話すのは、不思議な感じだった。そんなに踏み込んだ話をしたわけじゃなかったけれど、ただ、受け入れられている感じがした。

そのまま数時間話し込んで、「あ、もうこんな時間になっちゃった。じゃあ、そろそろ」となったとき、私はその人と、抱き合いたい、と思った。

そのときに、「雨宮さん、ハグしましょう」と言われた。私は、同じ気持ちだったことが嬉しく、しっかりハグをして、お見送りをした。

人に「ハグしたい」なんて思ったこともなかったし、思うままそうしたこともなかった。心が、ものすごく素直になっていた。自分はこんなふうになれるのか、と思ったし、こんなふうになれたことがとても嬉しかった。

セクシャルな関係じゃなくても良い関係は作れるとか、男女の関係ってそれだけじゃないとか、そういう言葉はたくさんあるけれど、あのとき、私は本当に心が充足していて、ほかに何もいらなかった。性的な目で見られないことに傷ついたとか、そういうことも全然なかったし、褒めてもらえなくても全然よかった。ただ、そこに、私のような人間がいて、生きていて、それは大事なことなのだということをそのまま受け入れられているのが、とてもよかったのだ。

そういうことがこの世にはあるんだと知った。それで十分だった。

少しでも心が通じて、触れ合って、そうやって生きていければ、それってすごくいいんじゃないかと思えた。

ナルシストになれたわけじゃない。でも、この変化は、私にはとても嬉しい変化だった。

自分にとっては大きな体験だったので、私は友達数人にこの話をした。すると後日、友達から「私も、妊婦ヌードを撮ってもらうことにした」と連絡が来た。もう一人、別の友達からも「二人産んで、もう身体に自信なんて全然ないけど、これを機に撮ってもらうことにした」という連絡が来た。

世界を変えることはできなくても、自分の周りをささやかに変えることはできる。裸の写真を撮るなんて全然考えてなかった人たちが、自分の裸の写真を見て「私、悪くないじゃん」と思えるくらいまで変えられたら、もう、ささやかな革命家としての役目は十分すぎるほど果たせたと思っている。

変身していこう！

Facebookで、気になる人がいた。友達のコメント欄によく書き込んでいるのだが、アイコンがあの『ベルサイユのばら』のオスカルに扮装しているものなのだ。「もしかして、宝塚が好きな人なのかも……」と気になって、ある日勇気を出して「もしかして宝塚がお好きなんですか?」とコメントしてみると、まさかの答えが返ってきた。「いや、すみません私ジャニオタなんです! この写真は、40歳になったときに記念に撮ったやつなんです〜」

まさかのジャニオタ。いや、それは別にいいんだが「40歳の記念に思いっきりコスプレ写真」という発想。そしてオスカル……。それをアイコンにする度胸も含めて、なんか「この人いいな」と思った。

コスプレイヤーという言葉が流通するようになってから、本人もかわいければコスプレとしての完成度ものすごく高いコスプレというものを目にする機会が増えた。そういうものを見ていると、コスプレというのは、どんどん自分からは遠いものに感じられるようになっていく。若さが足りない、美しさが足りない、かわいさが足りない、手間と工夫が足りない……。

別にコスプレイヤーになりたいわけじゃない。しかし、私には、人に言えないというか、言うまでもないほどどうでもいいコンプレックスがあった。

それは、「綾波レイ」になりたいけど、なれない、というコンプレックスだった。

少し説明が必要だと思うが、私が大学生の頃『新世紀エヴァンゲリオン』というTVアニメが流行った。いや、流行った、という言葉には少し違和感がある。これまでにないまったく新しいロボットアニメの出現に、ロボットアニメに興味のなかった層まで興奮し、熱狂した。「綾波レイ」というのは、そのアニメに登場するヒロインである。

個人的には、綾波レイというヒロインは好きでもなんでもなかった。しかし、綾波レイが当時の男心にグサグサ刺さる存在であることは、肌でビリビリ感じ取っていた。

劇場作品が公開されれば必ず観に行ったたし、今も行っている。もうだいぶ年月が経ったし、新しいキャラも出てきたりしているし、みんなが気にしているのは主にこの物語の行き着く先であって、もはやみんながみんな綾波レイに欲情しているわけじゃないとわかってはいるのだが、それでも当時、ある種のセックスシンボルのようだった綾波レイの地位の高さ、というのを私は忘れることができなかった。

世の中をふたつに分けるとすると、綾波レイのような女のコスプレができる女（それは広義では、てらいなくモテる女の服装ができる女と言い換えることができる。むちゃくちゃだけど、私の中ではそうなんである）、と、そうでない女、になる。

綾波レイになれなかった女が、私であり、綾波レイになれなくても、なんとか自分なりにいい感じになろう、とあがいた結果が、今の四十手前の私の状態であった。

そこに、偶然の出来事が起きる。一回りぐらい年下の男の子の友達が、いまさらエヴァンゲリオンにハマったのである。彼は、一度ハマるとすさまじい集中力を発揮するタイプで、一気に詳しくなり、そして「シンジ君になりたい」と言いだした。

なりたい、というのは、「シンジ君みたいになりたい」という漠然とした欲求ではない。「シンジ君になりたい」はそのまんま「シンジ君になりたい」だった。その日から彼はシンジ君のプラグスーツを買えないか検索をし始めた。

その様子があまりに一生懸命で面白かったので、私もつい、協力するつもりで検索していたら、見つけてしまったのである。綾波レイのプラグスーツの、どえらく安いやつを。

青いカツラと合わせて買っても、一万円を切った。amazonですぐに届いた。もちろん着た。頭につけるインターフェースもしっかりつけた。青髪はさすがに違和感がありすぎたのでやめて、地髪で着て、鏡で自撮りした。そしてそれをFacebookにアップした。

ピッタピタのプラグスーツから、熟れた身体は逃れられない。それは、綾波レイとはほど遠い、綾波レイとは違う生き物だったが、それでも私は「自分が綾波レイのプラグスーツを着ることができた」という事実に打ち震えていた。一人ですごい笑ってしまった。人生でまさかこんな瞬間が来るとは思わなかった、と言える瞬間のひとつが、なんか情けないけど、これだ。

Facebookにアップしたら、アラフォー女の勇気ある綾波コスプレにはたくさんの

「いいね！」がついた。シンジになりたいと言っていた友達からは「なんか、白イルカに見える」という率直な意見をいただき、しばらく白イルカと呼ばれるなどの憂き目に遭ったが、あれを着たときの爽快感といったら、なかった。

1995年から20年が経ち、私はついに、綾波レイになれたのだ。憧れていた形とは少し、いや、だいぶ違ったけれど、「乗り越えられないと思っていた壁」を乗り越えられた、という確かな手応えと快感があった。

と同時に、こんなに簡単に乗り越えられることだったんだ、というあっけなさもあった。amazonで1万円もかからずに、家から出もせずに運ばれてきたものを家で着ただけ。こんなことであっさり、「綾波コンプレックス」が溶けて消えてしまうなんて。なぜこれまでやらなかったんだろうと思った。

それから、私は、ちょっとでもやってみたいこと、やってみたいけど自分には似合わないんじゃないかなと思うようなことに、どんどん首を突っ込んでいくことにした。38歳で、宝塚大劇場に併設されているステージスタジオで、『エリザベート』のトート閣下のコスプレもした。その出来がどうだろうと、やれば気が済むし、楽しめる、という答えがもう出ていた。

こんな、たかがコスプレのことでバカみたいかもしれないけど、自分で自分という素材を面白がれる状態というのは、なってみるとめちゃくちゃいいものだった。失敗したコスプレ写真は、軽く笑ってなかったことにできるぐらい神経太くなれるし（スカーレット・オハラは死ぬほど似合わなかった！）、似合ったら似合ったでなんかやっぱり面白いし、とにかく「やりたかったことをやった」という意味で、気が済んでスッキリする。

そのせいなのかわからないが、近年、私の買う服はどんどん衣装化している。「それ、どこで着るの？」と問いただしたくなるような服や、ヘッドドレスなども増えている。「どこで着るっつうか、一生に一度着てみたかったんだよ！」と心の中の自問自答で怒鳴り返す勢いで、そういうものに手を出している。将来的にはもう、「そういう人」ということで自由に生きていきたい。着るものぐらい、自由でいたい。そう思うようになった。

親が死ぬ

2015年の年始に、友達との新年会で、親との関係の話になった。私は親と、特別仲が悪いわけではないし、年に1~2回は帰省している。が、帰省して泊まるのは祖母の家で、自分が家を出てから、実家に泊まったことは一度もない。主な理由は、父だった。

私と父の関係が微妙になったのは、もとをただせば、本当にくだらない話だ。まず、うちの父は厳しかった。娘を公務員にしたがっていて、九州大学に入れたがっていた。そして品行方正になってほしかったのか、単に心配だったのか「日が暮れたら外出禁止」という門限が課せられていた。そんなのは、私の世代でも、田舎の話であっても、ありえないくらい厳しい門限だった。

私は中学生の頃から、音楽を聴くことが好きになった。まず爆発的にハマってしまったのが、なんとB'zである。しかしこんな門限でライブなんか行けるはずもない。お金もない。私は知恵を絞り、土日だけ梅ヶ枝餅屋で時給500円のバイトをすることにした。土日になると妙に早起きしてチャリでどこかに行って夕方に帰ってくる娘を、親はどう思っていたかわからないが、バイトはバレてはいなかった。
　そして、ライブといえば、だいたいツアーである。私は1回でも多く見たいので、福岡公演はもちろん、佐賀、大分、北九州、長崎と近隣の県で行けそうなチケットを買った。そして、塾のスケジュールと合わせて、西村京太郎ばりに時刻表と格闘して、なんとか「塾に行ってました」と言い逃れできる時間に帰ってこれるように画策した。もう絶対無理な場合は「友達の家に泊まりに行く」と言った。外泊禁止なのでこれも許可が下りるまでなかなか苦労したが、「ライブに行く」というのは絶対に許してはもらえなかったので、それに比べたらハードルが低かった。それで、親にはバレず、塾を隠れ蓑にして私はB'z九州5箇所追っかけをしていた。

　しかしその後、高校生になり、私は今度は米米CLUBにハマっていた。いつも通り「塾に行ってます」で言い逃れるつもりだった。しかし、なんとその日のライブにミュージックステーションの中継が入ったのである。家でテレビを観ていた親はピンと来たらしく、塾に電話をした。もちろん私が塾にいるはずがない。帰宅したら即正座、そこから何時間にも亘る説教が始まった。

始まったけど、正直私は自分は何にも悪いと思ってなかった。その日は本当は塾がない日で、「補習がある」と嘘をついて出かけたので塾はさぼってない。夜の街が危険だと言われても、ライブの会場から駅まで大量のファンが移動するわけで、全然危なく感じたこともない。高校生が好きなバンドのライブに行くぐらい、普通じゃないか。ずーっと勉強して、塾でも勉強して、年にたった数回ライブに行くことの何がいけないんだと思っていた。

そして、このとき私は２ＤＡＹＳのチケットを持っていた。今日怒られるのはいい。何時間怒られても正座させられてもかまわない。しかし明日のライブに行けないっていうのは絶対避けたい。当時の米米ＣＬＵＢの２ＤＡＹＳというのは、セットリストも演出も全部まるっきり違う、２日で１つのライブと言っていいようなものだったからだ。「とにかく明日のライブに行かせてほしい」と土下座した。泣きながら正座で土下座。何時間続いたかわからないが、嘘をついたことは謝る、しかし好きなライブぐらい行かせてくれてもいいじゃないかと私は言い続け、話は平行線をたどり、何を言っても反省するどころか「明日も行かせろ」と言い募る娘にキレて、父は私の頬をバッチーン！と張った。

翌朝、母がこっそり、「行ってきなさい、でも、気をつけて行きなさいよ」と言った。当たり前だ。何があったってチケット取れてるんだから行くに決まってるだろう。バカバカしい。

私はこのとき、父のことを「一生許さない」と思った。私の好きなものをくだらないとえんえん罵倒し、そんなものが何になるんだと踏みにじり、自由を奪う父親のことを、一生許さない。そう決めた。ほとんど口をきかなくなり、高校三年生のとき、私は勝手に家を出て祖母の家に住み始め、そのまま東京の大学に進学した。


父に助けてもらったことは、その後、何度もある。しかし、感謝はしていても、父の愛情が伝わってきても、「絶対許さない」という気持ちはずっと残っていた。まさかの米米ＣＬＵＢで、私と父の間には決定的な亀裂が残っていたのだった。父も今さら「あのときの米米ＣＬＵＢのことはすまんかった」とも言い出せなかっただろうし、それがきっかけだったと気づいていたかも不明である。もともとコミュニケーションがぎこちない人で、そこがまた自分と似ていて、自分を嫌うようにして、父を嫌っていた。父の中に自分の影を見た。そう、一歩だけ進む道が違っていれば、私だって本質的には、快楽的なものなんて否定して、真面目に生きることこそ正しいと考えるような人間になっていただろうと簡単に想像できた。

だからこそ、そこから逃げるように楽しいことを追いかけ続けた。父のようにはなりたくない。ならない。エロ本の編集者をしたり、AVライターになったりしたのも、その中のひとつだろう。父にとってそれは歓迎すべき展開ではなかっただろうが、この頃からだんだん「もう、こういう子なんだから仕方がないのかもしれない」という諦めたような受容の態度を見せるようになってきた。

九州の長女は、父親を倒さないと外の世界に出られない。父親と暮らしていたとき、私は自分の未来を、公務員になって市役所とかで事務をやっている姿しか思い浮かべられなかった。将来が楽しみだなんて一度も思ったこと、なかった。高校に入って、公務員になるのも九州大学に入るのも自分の学力では無理かも、とわかりはじめたときには、肩の荷が下りた気がした。それで、父の勧めない大学に進学し、家を出た。それは「父殺し」に近いことだったのだと思う。

助けがほしいときだけ実家に助けてもらって、父とは断片的な、うわべだけの会話しかしてなくて、父が私からの愛情を欲しているとわかっているのにあげられないことが苦しかった。一方的に甘えて、助けてもらって、自分はずるいと思っていた。そのことがずっと、心にひっかかっていた。

親だってもう60代だ。まだ若いけれど、まだまだ元気で大丈夫、と言い切れる年齢でもない。40歳前になると、訃報が増える。親族、友達……いつ誰がどうなるかなんてわからないし、自分だってどうなるかわからない。

私は2015年の、友達との新年会のとき、こう宣言した。「次に父と会ったら、ハグする」。友達は「えー! 私、父親とハグなんかできないよ!」と笑っていた。でも、「する」と言った。いつが最後になるかわからない。今年やる。そう決めた。

そう決めた数ヶ月後に、母親が声をひそめるようにして電話をかけてきた。父にガンが見つかった、手術はしない、という話だった。手術はしない、ということは末期なのだなとわかった。それでも、なんだか元気そうな様子ばかりを話すので、そんなに大変な状況じゃないのかな？　と思って、私はすぐには帰省しなかった。やっと帰ったのは、その連絡をもらって、何ヶ月も経ってからだった。基本的に自宅療養だった父は、痛みを訴えて入院したばかりだった。

強かった父は、痩せていた。でも、父だった。母が席を外すと「お前ならわかってくれると思うけん言うけど、安楽死させてくれるところに連れてってくれんか。スイスかどっかにあるっちゃろう？」と言ってきた。ひどい痛みに耐えて、耐えて、それでも腹水が溜まって手術をしなきゃいけなくなって、それがいつまで続くかわからない毎日は、もう嫌だと言った。痛みがひどいときには「殺してくれ、死なせてくれ」と言った。背中をさすろうとしても、それすら痛いから、と拒まれた。できることなど何もなかった。

痛みが少し治まり病室を出るときに、私は父とハグした。「今まで何もできなくてごめん」と言った。父は「わかっとる」と言った。二人とも泣いていた。そのあと、私の

100倍ぐらい乙女な母が「あっ、かあさんも久しぶりにハグしてもらおっかな〜♡」と割り込んできたので、私と父は苦笑いしながら離れた。それが父とまともに会話をした最後になった。二日後に容体は急変し、私と弟と母が全員揃っているときに、父は息を引き取った。

どうしても外せない仕事があり、いったん東京に戻ってお通夜の日に帰省すると、なんと弟が何を思ったのか、中邑真輔の髪型になっていた（ご存知ない方は画像を検索してください）。そこそこシリアスな気持ちで帰ったのに、もういきなり「笑ってはいけない葬式24時」の始まりである。九州の葬式はとにかく喪主である母より長男、長男、と長男が立てられるので気合が入ったのだろうが、なぜ真輔ヘアに……。

九州の葬式は、本当にクソみたいな葬式で、焼香ではまず母の名前が呼ばれ、弟の名前が呼ばれ、私は「その他ご親族様」と呼ばれた。親戚からは「お前が東京に行って帰ってこんけん死んだんやぞ」「もう結婚はいいから、お母さんの生きがいのために孫だけでも産みなさい」と言われ、私は一度も泣けなかった。米米CLUBのためにはあんなに泣けたけど、こんなことのために流す涙なんか、ない。親孝行なふりをするために、父を愛していたことをアピールするために流す涙なんかない。泣く資格なんか、自分にはない。

火葬場で、私は父の骨のかけらをもらって帰った。宗教は信じない。お経が下手くそな坊主もしょうもないし、納骨堂もお墓もどうでもいい。法事とかもたぶん、出ない。父の骨はきれいだった。

親子だからって、気が合うわけじゃない。価値観が合うわけじゃない。子供だから理解できないこともあるし、親には親で考えがあったのだろう。溝が生まれたきっかけはしょうもないけど、私にとってはしょうもなくなかった。やりたいことができない状況は、大人になってもある。けれど、できる状況でそれを誰かに禁じられるのも、したくもないことを強制されるのも、我慢ならない。私は、好きなことをやる。快楽的なものを貪って、傷ついてもいい。霞《かすみ》を食って生きて、不安でもいい。私には父の人生は、わからない。私が父の人生を本当には知り得ないように、私は父の生きなかった人生を生きる。

私は父に、本当に似ていたと思う。頑固なところ、意志を曲げないところ、基本的に真面目で、大きくは道を外れることができないところ、コミュニケーションが苦手なところ、欲しいものを欲しいと、大きな声で言えなくて、黙って自力で手に入れようとするところ、人に甘えるのが下手なところ。それを全部もらって、父の生きなかった人生を、私は生きる。

40歳はまだ若い。けれど、父の人生は、そこから25年ぐらいしかなかったのだから。

傷口に酒を塗れ！

私はお酒がほとんど飲めない。ビール一杯程度で顔が真っ赤になるし、それ以上飲むと酔うどころか気持ちが悪くなる。そういう体質なのだろう、と思っていたし、「酔う」という感覚を味わったことがなかった。

初めてその感覚を知ったのは、36歳のときだった。歌舞伎町の風林会館という会場を借りたクラブイベントで、誰がおごってくれたのかわからない大量のテキーラのショットが回ってきて、あまりにもその場が楽しかったのでつい2杯ぐらい飲んでしまった。そしたらてきめんに酔った。酔いながら「あ、これが酔うって感覚なんだ」と思った。知り合いに会ってはハグし、知らないダンサーの女の子に「あなた最高！　これ飲んで！」ってビールおごったり、普段の自分からは想像もつかないほどオープンマインドになっていて、酒が効きすぎて光はまぶしいし、視界も聴覚も狭まるような感覚があったのだけど、そこに聞き覚えのある音が聞こえてきて「あ、これ tofubeats だ」と、私はやっとステージを向いてまともに音楽を聴いて踊った。幸せな時間だった。帰ってからは、ものすごく吐いた。

ただ、そのときに「混ぜた酒をゆっくり飲んでもああはならないけど、強い酒をショットで連続でいくとけっこう楽しい感じで酔える」という知識を得た。

その知識が活躍したのは、つきあって、結婚とかまで考えていた相手から急に「愛情が薄れた。距離を置きたい」と言われたときだった。

「ちょっと、お酒出して」。私は彼秘蔵のおいしい焼酎をストレートで飲み干した。2杯飲み干す頃にはベッドでごろんごろんの状態になりながら、お互い本音をぶちまけることができた。そんな話なのに、なんだか妙に和やかに話していたのを覚えている。別れるなんて耐えられない、死のうか、と考えているのに、人の表面っていうのはおかしなものだ。翌日、自宅で一人になったとき、彼がうちに置いていた上等のラム酒をそこそこの量の薬と一緒に飲み干した。『完全自殺マニュアル』世代の私だから、そんなことでは死なないとわかっている。吐瀉物による窒息か、お風呂で溺れるかするなら別だが、ろくに食べてないしどっちもないだろう。ただ、とにかく数時間でもいいから意識を失って、何も考えずにいたかった。

目が覚めたらベランダに出た。春先の、まだ冷え切った手すりをつかんで、これを乗り越えられるか考えた。下はコンクリート。うまくいけば、『完全自殺マニュアル』の保証つきの死に方ができる状況だ。

しばらくそんな日が続き、私は玄関に小さなメモを置いておくようにした。緊急連絡先として母の携帯電話の番号と、その横に「福岡在住なのですぐには来れません」という注意書き、親しい友達の名前と電話番号、彼の名前と電話番号も書いた。あとの処理を頼むのに必要だからで、あてつけとかではなかった。そのメモがあると安心した。仕事の行き帰りにそのメモを目にすると、もういつでも最低限の準備はできているんだとほっとすることができた。

一週間が経ち、二週間が経ち、私のショックはゆるやかに薄れていった。一ヶ月が経ったとき、やっとその玄関のメモを捨てることができた。

最大の危機は39歳のとき、突然訪れた。自分の人生には起きないだろうと思っていたことだとか、自分はこういう人間だと思っていたことだとか、すべてがひっくり返されるようなことが起きた。まさか、この年齢で、と思うようなことが起きて、はっきり「年齢なんてあてにならない」と思った。40歳、普通なら落ち着きそうな40歳という年齢であっても、神様は何も、手加減も容赦もしてくれない。40歳でも信じがたいことは起きるし、ドラマチックなことも、喜劇も悲劇もロマンチックコメディも、なんでも起きる。舞い上がったりドン底に叩き落とされたり、混乱の極致に立たされて、私は「もう無理。起き上がれない」と友達にLINEして、薬を飲んでベッドに潜り込んだ。目覚めたら返事が来ていて「状況をLINEでごちゃごちゃ聞くのもめんどくせーから、家行くわ。なんかいるもんある?」と書いてあった。「LG21と、ポカリの大きいボトルと、あと強いお酒」と書いて送った。彼女は仕事帰りにウォッカのボトルを抱えてうちに来て、「まずこれ飲みな」とウコンの力を渡して飲ませ、ベッドでぐだぐだしながら飲んでいる私を相手に話を聞いてくれた。

よくある話なのかもしれない。でも、私はこういう人間ではなかったのだ。ほんの少し前までは。こんなに人に弱みをボロボロ晒せなかったし、助けてほしいと言えなかった。散らかっている部屋に、部屋着のままで友達を入れる、なんてこともしたことがなかった。でもそれは、とても安らぐ時間で、本当に助かった。

何も食べられない日が続いた。グループＬＩＮＥで「食欲がなくて食べられない」と言うと、一年ほど前にまったく同じ状態になったという友達が「肌と髪の毛にくるから、食べれなくてもせめてアミノバイタルは飲んだほうがいいよ」と、ものすごく有用なアドバイスをくれた。

食べなくても人の身体はそれなりに動くもので、特に仕事にも何の支障もなかった。一週間で5キロぐらい落ちた。少しずつ、お粥を食べるようになって、1日1食ぐらいは食べられるようになっていった。その頃に友達との集まりに行くと、手作りのマフィンを差し入れてくれたので、「これすごいおいしいね」と食べていたら、「まみさん、今日ちゃんと食べてるね」と、まるで手負いの獣が久しぶりに食事を口にしたときのような、心からの安心が混じった口調で、笑って言われた。

何を失ったか、どう自分が傷ついているのか、いつそれが癒えるのか、出口はまったく見えなかった。ただ、自分の周りには、こういうふうに思ってくれている友達がいるのだ、ということが身にしみてわかった。

しばらくはアップダウンが激しく、私は食事をするようになったものの、やっぱり「もう本当に今夜だけは乗り越えられない」と思う夜が何度かあった。そういうときに「じゃあ水曜みんなで飲もう。水曜まで持ちこたえて」と、必ず言われた。もう本当に明日のことなんて考えられないし考えたくないし、自分がいつ、傷だらけの状態から戻ってこれるのかもわからないし、このまま友達に愚痴るばかりのうっとうしい女に成り下がっていくのも耐えられない。でも、そんなことより、今夜は飲むんだ、ということのほうが勝った。

水曜日、私は黒いドレスを着て、大きいアクセサリーをじゃらんじゃらんにつけて、渋谷の道玄坂の奥のほうのブラジル料理屋に行った。椅子に座るなり「テキーラをショットで2杯と、ウーロン茶を氷なしで1つください」と言う私を見て、友達はみんな「ドレスで店入ってきてそんな注文する女、映画でしか見たことねーよ」と笑い転げていた。普段はビール1杯程度しか飲まないのだから、あまりにわかりやすい荒れ方が面白かったのだろう。

その日は一人だけ、遅れて来る友達がいた。私がレモンを齧りながらテキーラ2杯を飲み干す頃に彼女が店に入ってきた、のだが、やたら大きめのドラッグストアの袋を持っている。私の飲みっぷりを心配した友達が彼女にLINEして、ウコンとかそういうやつを買ってきてくれるよう頼んでくれていたらしく、彼女は律儀に薬剤師に何をどう飲むのが一番効き目があるか聞いて、「まみさん、まずこの錠剤を2つ、ウコンの力と一緒に飲んで。で、明日の朝はこれ飲んで」と全部手渡してくれた。別の友達が「これも明日飲んでね」とだしパックまでくれた。私はおとなしく錠剤をウコンで飲み干し、テキーラをさらに2杯注文した。

「強いお酒って、みんな同じ味がする」。私はそう言った。昔飲んだテキーラも、彼の家で飲んだ焼酎も、自分の家で飲んだラムも、全部似たような味だった。

3杯目を飲み干し、4杯目を飲んでいると、途中で突然味が変わった。「酔っ払ったら酒が甘くなった！」と私は言い、「おいしい！」とその4杯目を最後の一滴まで飲み干し、グラスを逆さまにして見せた。
視界が狭まる程度に酔っていて、友達に寄っかかって、足を投げ出して、気持ちが良かった。投げ出した足に、友達が手作りのターコイズブルーのアンクレットをプレゼントしてくれ、その紐につけられたピンクの石がキラキラしてとても綺麗だった。外では滅多に吸わない煙草を「吸っていい？」と訊いたら、吸ってるところなんて一度も見たことのない友達が「私も吸う」と言いだした。彼女も、同じ時期に私と似たような激しい波に呑まれて苦しんでいた一人だった。彼女の煙草に火をつけてやり、自分のにもつけて、一緒に吸った。韓国映画だったか香港映画だったかに出てくる、手を組んで杯を傾ける組み手酒もやった。心はズタボロでも、楽しかった。ズタボロの状態でも許してくれる人たちに囲まれている安心感があった。突っ込んだことを言わなくても、二日酔い対策をしてくれたり、帰りにタクシーで送ってくれたり、さりげなく、当たり前みたいに支えてくれているのがわかった。

たぶん人生で最大の量を飲んで、帰ってからも私は酔っていた。気持ち良くて音楽を聴いて、ふと「今なら飛び降りられるな」と思った。今のこの感じなら、すっと飛び降りることができる。怖くない。さぁ、Major Lazer & DJ Snake feat. MØを聴きながら飛ぶか。たぶん飛ぶことすら今は気持ちがいいはずだ。風は生温いし、手すりも冷たくなんかない。

そうしてもいいと本気で思った。けど、四十前でこんなことが起きるんだったら、人生ってどんだけむちゃくちゃなんだろうか。もっと、もっと、気持ち良くて、死ぬほど楽しくて、死ぬほど傷つくことが、この先には待っているんじゃないだろうか。もう耐えられないというほど傷ついていても、私はなんだかそのことが、とても面白そうに思えてしまった。どうせズタボロなら、もっとめちゃくちゃになってしまえばいい。自分のモラルや理性や大事にしてきたものが全部壊れてしまうくらいの嵐に巻き込まれてしまえばいい。そして、不思議とそのことは怖くはなくて、少しだけ楽しみなことのように思えたのだった。

私は、嵐が見たい。次の嵐が見たい。

翌朝、LINEを見たら「まみ、昨日、酒が急に甘くなったとか言ってたけど、あれ、トイレ行ってる間にジンジャーエール入れといただけだからね。酒が甘くなることはないから、勘違いして言いふらさないようにね（笑）」というのが来ていて、二日酔いで起き上がれないベッドの中で死ぬほど笑った。そして、ベッドから這い出して昨日もらったヘパリーゼのドリンク剤を飲んで、お湯を沸かしてだしパックのだしを飲んだ。

私は友達がそんな状態になったとき、あんなに上手に支えることができるだろうか？できるようになれたらいい。幾度もの嵐のあとで、嵐のあとに必要なものをすっと差し出せるような人になれたらいい。

欲望に溺れる

一年に一度だけ会う友達がいる。九州から年に一度上京してくる人だ。インターネット経由で知り合った人で、ブログはたぶん10年近く読んでいるのに、会ったことは数回という不思議な感じの関係で、上京してきたときに他の友達や、彼の奥さんと一緒に会う、というのがここ数年の習慣になりかけている。

今年も同じように、会うことになったのだが、そのときにこんなことを言われた。

「今年の雨宮さんは、勢いすごいですね。買い物もたくさんしてるし、地方の取材も自腹でバンバン行ってるし、やっぱり東京で生き残っていく人って、そういうパワフルなところがある人なんだなぁって感じしますね」

「違う　違う　そうじゃ　そうじゃない」と思わずミラーサングラスをかけて鈴木雅之を歌いそうになる気持ちをぐっとこらえた。

確かに今年に入ってからの私の金遣いの荒さは尋常じゃなかった。生まれて初めてハイブランドのバッグを買うぞ！　と決めてGUCCIのバッグを買ったり、自腹取材で軍艦島行ったり、取材なのか趣味なのかわからないけどプロレスを観に遠征したり、服も「そのドレスどこに着ていくんですか？」みたいなのをバンバン買っていた。いや、いる。現在も続いている。

もともとが小心者なので、そこまで高いものを後先考えずにバンバン買うというところまではいかないものの、口座の残高は減りに減り、カードの引き落とし口座はついにマイナス表示が出る始末で、「ああ、人はこうやって、まだ大丈夫、まだ大丈夫、取り返しがつくって思いながら、どうにもならないところまで堕ちていくものなんだろうなぁ」と他人事のように思ったりもした。

その金遣いの荒さというのは、見栄を張りたいというのとも、生活レベルを上げたいとかいうのとも、ちょっとした贅沢をしたいというのとも、どこか違っていた。そういうことじゃなかった。


去年、私は仕事的にわりといい状況にあった。でも、こんな好景気が続くのは今だけだ、という気持ちもあって、今年はとにかく、赤字でもなんでもいいから好きなことをやりたい、自腹切ってでも書きたいことを書かないと先はない、と思った。自腹切って取材ができる余裕があるのも、今だけかもしれないとも思った。だからそこには躊躇はなかった。

でも、それに洋服とかバッグとかは関係ない。関係ないけど、私の中ではつながっていて、同じことだった。

一生に一度でいい、ワンシーズンだけでもいい、私は私の欲望に、言い訳をしない一年が欲しかった。「本当はあれが欲しかったけど」とか、「本当はあれを書きたかったけど」とか、そういう「本当は」の一切ない世界を生きてみたかった。本当に着たい服を着て、本当に持ちたいバッグを持って、本当に行きたいところに行って、後先なんか考えないで、ただ、今、自分が楽しいこと、夢中になれること、それだけにまっすぐ打ち込むような、あとから考えたら無駄かもしれないようなことでも、今したければそれをする一年を過ごしてみたかった。

利那的な一年でいい。どうせ、大きく道を踏み外すなんて、自分はできない。もともと真面目で小心者なんだし。だったら、その自分がしたいことぐらい、やったっていいじゃないか。そのくらいで踏み外すような人生なら、もともとそういう器だってことで、踏み外す時期が多少早いか遅いかの違いしかないはずだ。破綻するなら早いほうがいい。立ち直りも若いほうが早いんだから。いや、破綻なんてもうどうでもいいと思っていた。それぐらい、目の前のことが大事で、楽しい日に何を着るかが大事になった。

「雨宮さんにとって、欲望が神なんですね」と、むかし人に言われたことがある。でも、そのときも私の中では欲望の神に正直になっている度合いは全然足りてなくて、こんなんじゃない、こんなもんじゃない、と思いながら、我慢ばっかりして、苦しくて、たまにこのくらいなら許されるだろうっていう程度の欲望を満たしてごまかして、そういう感じでやってきていて、年々、ごまかすことばかり上手になって、「本当は」とは違うことをやることばかり上手になって、でもだんだん、それがごまかしきれなくなった。

欲望のないところに、快楽はないからだ。書くことに快楽がなくなったら、と想像するとぞっとした。たとえそこに、愛する人がいたり、家庭があったり、お金があったりしても、書くことに快楽がなかったら、死んでるのと同じようなもんじゃないか。

怖くなった。焦った。本当に思ってることを書かないと。力が足りなかろうが、求められてなかろうが、書かないと。必要だろうが必要じゃなかろうが、したいことをしないと。欲しいものを欲しいと言わないと。手を伸ばさないと。無駄だろうが、馬鹿げていようが、愚かなことであろうが、それをしないと、私は自分の人生をちゃんと生きているとは言えない、と強く思った。

それは、別に「今年40歳になるから」ということがきっかけではなかったと思う。単に仕事について考えることが増えて、そこから、自分自身はいったい何なのか、みたいなことまで考えるようになったことが大きかった。

去年好きになったばかりの女子プロレスで、いちばん好きな里村明衣子選手という女性が、あまりにもかっこよく、その人自身を生きている姿を見てしまったことも、とても大きなきっかけだったと思う。女は年齢じゃない、人間は年齢じゃない、志と生き方と姿勢で、いつまでも気高くいられる。そういうことを初めて、きれいごとじゃなく心の底から感じて、自分も自分自身で輝きたい、里村さんほどにはなれなくても、何かあいうオーラのようなものを放って、自分に酔いしれることができるようになりたいと思った。里村さんを知って、私は目標というものを得て、少しばかり無茶をしてみたくなったのだ。

結果、今年ほど楽しく、今年ほど苦しく、大変な一年はないという一年になりつつある。ここでハイブランドの服に手を出したりしないあたりが自分の、しっかりしてるところでもあり、思い切りが足りないところでもあるが、もうそんなことはどうでもいい。限界が知りたいわけじゃない。楽しめればそれでいい。安くても好きな服、着たい服を着るだけだし、高くても好きな舞台やプロレスを観に行くし、今年のこの程度の無茶は、すぐに帳尻合わせてやるよ、という気力だけはある。

その気力が、去年はなかった。ぜんぜんなかった。つまらない女を卒業した、という思いを、今年初めて味わっている。

東京の女王

40歳を前にして、急にそれまでに会ったことのないような人種の人と出会うことが増えた。野心があって、自分のしたいことに正直で、てらいがまったくなく、嘘もないパワフルな人たちである。そして、そういう人たちはもれなくすごく軽やかで、自分に嘘がないから健やかでもある。

私は、どちらかというと内向きな人間で、野心はあるものの、それをはっきり表に出すのはなんだか恥ずかしく、欲しいものにパッと手を伸ばすことができない人間である。そんな自分にとって、真っ直ぐにパワフルな人たちはまぶしすぎて、どうしても劣等感を感じてしまうから、無意識のうちにあまり近づかないようにしていたところがあった。出会っても「あの人は私とは違う」と、どこか一線を引くようなところもあった。

でも、そんなことをしていられなくなった。実際に会って、その人たちの屈託のなさ、ためらいのなさ、妥協のなさ、自分を曲げない意志の強さ、世間の常識とは違っていても、自分が正しいと思うものを信じる力の強さ、フットワークの軽さ、そういうものを目の当たりにしていると、絶対にそっちのほうが正しいとしか思えなかったのだ。本人たちはたぶん、普通にいつも通りの言葉で話し、いつも通りに行動しているだけなのに、私にはその自由さがとても新鮮で、ああ、こういうふうにすればいいのか、とも思ったし、こんなことができるのか、と衝撃を感じもした。

いかに自分がこれまで、狭く小さな世界にいたのか、自分を閉じ込めるようなことをして、その中で安心して暮らしていたいと思っていたか、ということを痛感した。

自分の世界に閉じこもっていれば、「本当はこうしたい」なんてことに気づかないふりをしていれば、「あれも欲しいし、これも欲しい」なんて思ってないふりをしていれば、心が乱れることも、傷つくこともない。挫折も知らずに済む。そういう打算が自分の中にあることや、大きな夢や野心を持つことへの恐れを、はっきりと自覚せざるを得なくなった。

私は本当は、何がしたくて、どういうふうになりたいのだろう？ 仕事は？ 恋愛は？ 自分自身は？ まさか40歳を前にして、そんな大学生みたいな悩みに直面するとは思わなかった。

私は、どこまで行きたいのだろうか？ 何を望んでいるのだろうか？

自分の欲望の深淵を覗き込むのは怖かった。どうせ叶わない、これまでだってそうだった、と諦め続けてきたものに、もう一度向き合うのは、怖かった。でもそうするしか、あんなパワフルでかっこいい人たちに近づく方法はないのだとわかっていた。

それまで私は、自分のことを、自立した人間だと思っていた。確かに経済的には自立しているし、自分で自分の生活をやっている。それだけの意味なら自立していると言えるのだろうが、そのさらに上があった。自分の思考の自立だ。

自分の考えは、世間に影響されているし、そこから大きくはずれないようにしていたし、その「普通さ」は、もう仕方のない自分の特性で、だからその「普通さ」を武器にして書こうと思ってやってきていた。

でも、「普通」になんてなりたかったのか。なりたかったわけじゃない。普通じゃないものに憧れて憧れて、届かないから諦めて、持っている「普通」という武器を手に取った、ただそれだけのことだった。それ以降は、人が見ている自分自身の「身の丈」に合わせてきたようなものだ。

自分にできることは、本当にそれしかないのか。それ以上、もっとむちゃくちゃなことはできないのか。たとえ「できない」というのが結論だとしても、ここで何もしないうちに諦めてしまっていいのか。そんなことを考え始めた。

久しぶりに、軸がぐらつくような、自分の足場はここでいいのか、という感覚が生まれた。もっと、どこにでも行けるのではないか。もっと遠くを目指してもいいのではないか。いろんなものを、低く設定しすぎているんじゃないか。でも、どこを目指せばいい？　何を目指せばいい？　私は混乱していた。

多少の自信がついたからそう思い始めたわけじゃない。たぶん、ただ、私は自分がつまらなかったのだ。こんなつまらない自分は嫌だと心から思ったのだった。


そんなことを思っている頃、友達にバカラの新作ジュエリーのお披露目パーティーに誘われた。自分のところには絶対に来ない類の招待だった。以前ならひるんでいたし、何を着ていくか悩んでいたし、どうせ買えないものを見ても、なんて思っていただろう。けど、行こうと思った。行ったほうが面白いし、きっとそこには、純粋でパワフルな人がいる。誘ってくれた友達も、そういうタイプの人だった。

ドレスアップして出かけると、その日はプレス向けの日だったらしく、私はかなり浮いていた。でもそんなことは気にならなかった。この場で一番目立って、それの何が悪いのだろう。気分がいいだけだった。

私は振舞われるおいしいシャンパンと、バジルの入った爽やかなカクテルを飲み干し、絶対に買えないお値段の、世界で10セットしかないという真っ赤なネックレスを試着し、ほかにも好みの指輪やバングルを全部出してもらって片っ端から試着した。着けてみなければわからないし、こんなお値段のものを気安く着けさせてもらえる機会もそうそうない。愛想良く商品を褒めて、パーティーの盛り上がりに協力できるように心がけた。とても楽しいやりとりだったし、友達とも久しぶりに話せて、私はすっかりくつろいでいた。

ふとiPhoneを見たら、普段あまり連絡を取り合わない友人の作家からＬＩＮＥが来ていた。「今、松任谷由実さんと飲んでて、雨宮さんを紹介したいんだけど、来れますか？」。私は段差につまずく程度には酔ってて、外は雨で傘も持ってなくて、滅多に着ないドレスとさっき見たジュエリーのせいでハイになっていた。普通だったら、びびって返信をためらったと思う。でもそのときはすぐに「行きます」と返信し、友達に謝って先に店を出て、タクシーを拾ってまっすぐその店に向かった。

ドキドキした。松任谷由実さんは、私にとって、ただの有名人ではない。小学生の頃からラジオを聴いていたし、心からしびれる歌がいくつもある。昔の歌だけじゃなく、最近もある。エッセイも上手くて、タクシーの中でマニキュアを塗るのが上手かったとか、ガラスを自分で加工してアクセサリーを作っていたというエピソードが強烈に頭の中に残っていた。歌手としては、大好き。でも、何よりも、エッセイや歌から垣間見える松任谷由実という人の美意識に触れてみたかった。

タクシーを降りると、静かな住宅街にぽつんとバーがあった。入ると、松任谷由実さんがいた。スパンコールが縫い付けられたシルバーのキャップをかぶってサングラスをかけていて、でもあの声で「あなたが雨宮さん？　ここ座ってよ」と、隣のスツールを指した。ノースリーブの、カーキ色の作業着風のオールインワンを、見事に引き締まった身体で着こなしていて、耳には手錠のピアス、襟元にはネジの形のネックレスをしていた。たぶん、高いものではないと思う。「お嬢さんのなんちゃってパンクみたいな感じよね」と松任谷さんは笑った。彼女が持っていたバッグは、迷彩柄の布のCHANELのショルダーバッグで、バッジがいっぱいついていて、マジックで書いたみたいな字で「FEMINISTE MAIS FEMININE」(フェミニストだけどフェミニン)というメッセージが書かれていた。

私のような庶民は、有名な人が自分に対等に接してくれただけで「あの人はいい人だ」と言ってしまったりするものだし、そもそもファンなのだから、会えただけで嬉しくて贔屓目で見てしまうものだが、あの夜に会った、こう呼ばせてもらうけれどユーミンは、そんなもんじゃなかった。贔屓目を差し引いて、なんなら歌手という立場や有名人であることも差し引いても、まぎれもなくかっこよかった。聞けば、私の友達の作家と前日に初めて会って「明日も飲もうよ」と誘ってくれたのだそうだ。そして友達が、私の話をしたら「その人いま呼んでよ」と言ったのだという。なんというフットワークの軽さ、スピード感。私がハイな状態じゃなければ、ついていけてなかっただろう。何気ない会話の端々が、すべてユーミンだった。自慢なんてひとつもしないのに、しびれてしまうほどユーミンだった。いい香りがするので香水は何をお使いなのか尋ねてみると「去年ね、自分の香りを決めたの。ゲランの、本店でしか扱ってないものでね」。香水は、ひとに真似されたくないものだ。どの香りなのか名前を言わないところも素敵だった。甘すぎず、少しスパイシーで、でもとてもこなれて肌になじんでいる香りだった。

帰って、気が緩んだら泣きそうになった。あんなに憧れていた人に会った。言葉を交わした。ぜんぜんいいこと言えなかったし聞けなかったけど、カウンターに並んで座って話せた。信じられないようなことが、今夜、起きた。

外に出なければ、パーティーに行かなければ、友達が呼んでくれなければ、酔っ払ってタクシーを拾わなければ、こんなことは絶対に起きてない。

私はその夜、眠れなかった。ユーミンがかっこよすぎて眠れなかった。

あんなふうになりたい。あんなふうに、自由でかっこいい、風通しのいい人になりたい。

憧れるなら、最上のものに憧れてもいいんじゃないか。東京の女王に憧れたっていいんじゃないか。自分みたいな小さな人間には、大胆すぎる夢のほうが、きっとちょうどいい。手堅く、そのへんで叶うような夢なんか見てたって、それじゃ何も変わらない。

「香りや雰囲気だけを描けばいいのよ。詳細なディテールとか物語なんて必要ないの」

あの夜は、雨が降っていて、私は緑の光沢のある生地の、肩が出るドレスを着ていた。忘れない。絶対に忘れない。あんなきらめきに出会うためなら、私はなんだってしよう。

決してためらわない。好きなものは好きと言い、好きな人には好きと言い、嫌いなものは嫌いだとはねのけ、嫌なものは嫌だと言い、欲しいものは手に入れて、自分自身で遊んで、面白そうなことがあればいつでもどこへでも行こう。

そんなことの果てに、何があるのか。少なくとも、今よりはずっとましな自分の姿があるに違いない。

背中見せていこう！

40歳を目前に控え、カルチャー的なものが好きでそういう場所に行っていると、だんだん周りがみんな年下ばかりになってゆく。若くて才能のある人たちの前で先輩ヅラをするのも変な感じがするし、「ここは私が全部持つから好きなだけ飲んでね」と言えるほどの甲斐性もまだないのだけれど、敬語を使われるし、ありがたいことに、尊重してくれる人もいたりする。こういうときにあんまりへりくだっても、逆に相手を困らせてしまう。そろそろ年齢的にも立場的にも、ある程度図々しく先輩ヅラをすることを覚えたほうがいいんじゃないか、と思うようになった。

急に先輩ヅラができるものでもないけれど、20代の子たちと同じ振る舞いができるわけでもない。したいとも思わない。どんな「先輩」が感じよくて、押し付けがましくなくて、説教くさくないんだろう。そんなことをちょっとだけ考えるようになった。

夏がちょうどいま始まったみたいな日に、小規模のフェスがあった。半日のデイイベントで、22時ぐらいには終わってしまった。私は酔っていて、好きな音楽で踊って、そのまま帰る気になれなくて、六本木で飲んでいた別の友達たちと合流して軽く食事をした。

12時前にそろそろ終電だね、と言ってみんなが帰り始めた頃に、「雨宮さんに会いたがってる大学の同期の女の子がいるんですけど、これから時間ありますか？」とフェスに行ってた友達からＬＩＮＥが来た。私は帰るのをやめて、ウェンディーズで酔い覚ましのカフェラテを飲んで、その子たちが来るのを待った。一回りぐらい年下の子たちが六本木にやってきて、合流して、北京ダックを注文した。

私は暖かい菊花茶を飲んでいて、もうとっくに酔いは醒めていたけれど、若い女の子の恋愛の話は面白くて、ああ、いつか、この苦しさも込みで財産になるんだよなぁ、なんて思ったりして、まぎれもなく心が先輩モードになっていることを実感した。私も5年ぐらい前に買ったことのある、デザイン性が高いわりに価格の安い素敵な星座のネックレスのシリーズを彼女は着けていて、デザインの都合上そのネックレスはどうしても形が変形して落ち着いてくれないのだけれど、私が着けていたときと同じように動いて落ち着かないそのネックレスの形を見つめて、懐かしく思ったりもした。

彼女は今は東京に住んでいるという話だったけれど、二人とも関西の子だった。話の途中でふと「そういえば『シン・ゴジラ』まだ観れてないんすよ。明日の朝イチとかどっかでやってないですかね？　でも混んでますよね、夏休みだし……」と一人が言いだしたので、私は思いっきり先輩ヅラして円卓をバンバン叩いた。

「ねぇ、東京なめてんの？　祝日とか週末とか、東京には一晩中映画やってる映画館あるんだよ？」

「え、嘘でしょ？　もう0時過ぎてますよ？」

「2:15の回があるよ」

「終わるの4:30とかじゃないすか……まじすか、寝ませんか？」

「寝てもいいなら行こうか」

「行きます？」

「行ったほうが楽しくない？」

「……いいかもしれないですね」

「私、このテンションならぜんぜん行ける」

そんな話をしつつ飲んでいて、「やばっ、もう2:10ですよ！」「大丈夫大丈夫、まだ予告編やってるから間に合う！　10分遅れても平気だよ」と言って秒速でお会計を済ませて外に出た。
私はその日、トルコ石のようなブルーのワンピースを着ていた。金糸の刺繍が施してある、安っぽいんだかなんだかわからない不思議な服で、胸元と背中が大きく開いていた。けやき坂を「こっちこっち！」と言いながら走り出すと、星座のネックレスをした彼女が「なんか、あの背中についていったら、楽しいことがありそうな気がする」と言った。

予告編が終わる前に私たちは劇場に無事に滑り込み、みんなで『シン・ゴジラ』を観た。私は二度目だったけど、好きな映画なので楽しく観た。深夜の上映は人も少ないし、気楽な雰囲気で、私はそれが好きだったから、二人を初めての深夜の映画館に案内できるのが嬉しかった。寝ても全然いいから、この感じを味わってほしかった。「もうちょっとで最高の場面くるから寝ないでね」って、ここぞとおせっかいなことを言ったりして、お菓子を食べたり、眠いから目薬をさしたりしながら観た。私はもうとっくに酔いは醒めてるはずなのに、音楽がかかるたびに指揮棒を振りたくてたまらなくて、深夜の変なテンションになっていた。その状態で観る『シン・ゴジラ』が楽しくないわけがない。

上映が終わって映画館を出ると、もう夜明けだった。六本木ヒルズの映画館は少し高いところにあって、東京の景色が見える。「あの映画のあとにこの感じ、すごいっすねー」と言うので、「絶景スポットがあるからそこ行こうよ。まだ始発動かないし」と言って、東京タワーが見える屋外の喫煙所に行った。

「うわー……東京って感じする!」。そう言ってもらって、私は、別に自分が作った景色でもないのに、すごく嬉しかった。先輩ヅラって迷惑で、押し付けがましくて、嫌なもんだとばかり思ってたし、だいたい後輩は逆らいにくいもんだからめんどくさいだろうな、と思っていたけれど、強引に連れてきて、連れてこられる側にとってはなんだか変な体験だったとしても、それで良かったのかもしれない、と思った。

「この感じいいよね」と言いながら、私たちは始発を検索し、駅に向かって歩いて、手を振って別れた。「なんか今日、めっちゃイキイキしてませんか? 六本木の女王みたいになってますよ？　普段こんなじゃないですよね？」と言われて、私もなんかその日は変だったんだろうな、と思った。そりゃそうだ。先輩ヅラデビューの日なのだから。

先輩だからって、いつも正しいことなんか言えない。自分だってまだ正しいことなんて何なのかわからないのに、他人にとって何がいいのかなんてわかるはずがない。人生経験が10年20年多くあるからって、そんなのどうでもいいことだ。時間だけじゃなくて濃度の問題もあるし、みんな誰でも、自分の経験してきたこと、自分の考えてきたことしか知ることはできない。先輩後輩なんて、本当はない。私の知らないことを、他人は知っている。そして自分は、自分に関することしか、最後まで知ることはできないのだ。けれど、「年上の人」として何かを求められたときに、一晩だけでも楽しいことができたら。相手の日常と違う軌道を見せられたら、それはちょっと、なんのためにもならないかもしれないけれど、いいことなのではないか、と思った。先輩ヅラを引き受けるのも、案外悪くないかもしれない。V字に開いたドレスから見える背中が、素敵なものに見えていてくれたらいい。いや、素敵じゃなくても、見せるような綺麗な背中じゃなくても、なんか楽しそうな人に見えていてくれたらいい。年上の人たちが楽しそうなだけで、年下の人間は希望が持てるのだから。

お金、どうする⁉

私は25歳でフリーライターになった。まぁ、名刺に「ライター」と刷ってはみたものの、そんなにすぐに仕事なんかもらえない。デザイン事務所で時給制でバイトさせてもらいながら、たまにもらえる書き仕事をする。そんな生活をしていた。もちろん、そんな生活でお金が儲かるはずもなかったが、25歳のときの私は、今よりずっとしっかりしていた。たった5千円でも1万円でも天引きで積立貯金をしていたし（そうするのがいいと『an・an』で読んだのだった。確かに口座にあると使ってしまう！）無駄遣いをしないことはなかったが、払いきれないような額のものをカードで無茶買いすることもなかったし、身の丈に合わない贅沢はせずに暮らしていた。

仕事がうまくいって、少しまとまった金額が入るときや、ものすごく忙しい時期を抜けてその原稿料が入ったときなど、「人生に一度ぐらい、贅沢をしてもいいんじゃないか」と思うことがあった。初めての体験はよく覚えている。私は、10万円のコートを生まれて初めて買った。20代の後半ぐらいだったと思う。理想のコートを見つけた、と思って買ったのに、別にカシミアでもないウールだし、寒いし、何よりよく見たら袖丈がちょっと短い。サイズが合ってないのだ。自分に服を見る目もなかったし、そういうことをアドバイスしてくれるような店員さんがいる店でもなかった。とてもじゃないけどいい買い物だなんて言えなかった。「10万円も出してもこの程度なのか」というのは、値段に目がくらんじゃだめだな、という大きな反省になった。

30歳を過ぎると、個人年金や保険のことを考えることもあった。しかし、どれも固定収入があることが前提のものなので、私が入るにはリスクが大きすぎた。途中で払えなくなるリスクのほうがずっと大きいのだ。普通に貯金しといたほうがいい。お金については、できるだけ貯金する、程度の単純な考えしか持っていなかったし、フリーライターとして生活をしていく限り、それ以外の考えの持ちようはなかった。「何歳までにいくら貯める」みたいな目標を決めたこともあったけれど、貯めてどうするというプランもなく、それはただなんとなく「いざというときのため」「老後のため」みたいな、あてどのない貯金だった。「家を買ってみようか」と思いついたときは血沸き肉躍ったが、家を買うにはぜんぜん足りないし、ローンもこのままじゃ通りません、とはっきり言われて、ガッカリしたりもした。

それでも、38歳まで、私はわりとお金のことだけは真面目にやってきた。確定申告もしてるし、年金も保険も住民税もバシバシ払ってる（当たり前のことだとお思いでしょうが、ぜんぜん払ってなくて怪我や入院のときにうろたえるフリーランスは決して少なくないのです）。家賃に至っては「いつ払えなくなるかわからなくて怖いから」と一ヶ月先の分まで常に振り込むという念の入れようで、いつ収入がなくなるかもしれない不安や、そうなってもしばらくは持ちこたえられるようにと手を打つ気持ちを常に持っていた。

いた、と過去形なのは、39歳になってから、いきなりタガが外れたからである。39歳になってからの年始、私はモヤモヤしていた。レギュラーの仕事が2つ、半年以内に終わるというのが見えていて、早く仕事を他に始めないとまずいのだが、持ち込まれる企画は相も変わらず「こじらせ女子」とか「30代の女性のための〜」とかで、別にそれが悪いわけじゃないのだけど、自分の中ではもう書いてしまったし、今の自分の興味や関心はぜんぜん違うところにあるのに、というもどかしさを感じていた。感じつつも、やっぱり仕事をもらえるかもしれない、という話なわけだから「書こうと思えば書けないこともないだろうし、やったほうがいいんだろうか」「そういうテーマをちゃんと面白く料理できてこそプロなのでは?」という声がどこかから聞こえてくるような気がしていた。商売人としては、ここで断るなんてバカじゃないの? と思ってしまうのだった。

でも、興味のないテーマについて書いて、それで自分の一年が過ぎていって、そんなんでいいんだろうか。「本当はこういうことに興味があるわけじゃないんです」なんて言い訳は、どこにも誰にも通用しない。書いたものには責任がついて回る。「本当に書きたいもの」ではないものの責任なんて、背負えるだろうか?

書きたいことが書きたい。いい文章が書きたい。お金とかそういうことじゃなくて、これが私ですと言えるような、そういう文章をひとつでもいいから書きたい。そうじゃないと、人生なんてあっという間に終わってしまう。だめもとでいくつか企画を出した。そうじゃたぎるような気持ちがあった。それを受け入れてくれる編集さんは何人かいて、私は今年、新しい仕事をいくつか始めることができた。

嘘をつくのはやめよう。対外的にいい顔をするのはやめよう。できもしないことを、無理してできるふりをするのもやめよう。今年だけでもいい、嫌なことは嫌だと、できないことはできないと言おう。私は、私の人生を生きる。だって、もうそんなにたくさん残ってるわけじゃない。まだ若い、けれど、永遠に続くわけじゃない。生命自体は続いても、体力も気力も充実していると言える期間がどれだけ続くかわからない。私は、私のしたいことをする。私は、自分の書きたいことを書く。そして私は、なりたい私に、本来そうであった生身の私になるのだ、と思った。

思った瞬間、GUCCIのバッグを買った。生まれて初めてのブランドバッグである。しかも派手だ。そうだ、もともと派手なものが好きだったんだよな、と思うと、もう買い物が止まらなくなった。まだ冬のコートを着ているのに伊勢丹に出かけては春夏の薄手の服をまとめ買いしたり、これまで着たことのないような、というか着て行く場所のないようなベアトップの光沢のあるエメラルドグリーンのドレスや、背中がばっくり開いた真っ赤なドレスを躊躇なく買ったりした。買うときの気持ちは、いつも同じ。「これが私かよ⁉」という新しい服への戸惑いと、「いや、これこそ私だ」という確信だ。

必ずしも似合うと確信のあるものばかりではない。着たことないけどこれどうなんだろう、とか、試してみたい、という気持ちで買うものもあった。自分の普段着ている感じとは真逆の、ヤンキーみたいな服を急に買ってみたりもした。でも、別にそれはそれで普通に着れた。


服のことが面白くてたまらなくなった。それまでも服は好きだったが、コーディネートが下手だったり、お洒落な人の前に出ると急に自分がみすぼらしく見えたり、逆にお金をあまりかけずにうまく服を着ている人の前でも、そこそこお金を使っているのにぜんぜんうまくいってない自分の服装が恥ずかしかったりして、服は好きでも純粋に「楽しい」ものではなかった。どちらかというと「修行が足りない」という気持ちが強かった。服とは、慎重に選ぶもの。賢く考えて選ぶもの。失敗を減らして、上手に選べるようになりたい、なんてことを考えていた。

そういう考えが全部、39歳の春に飛んだ。賢いとか慎重にとか失敗とかはもうどうでもいい。私はただもっと、素敵になりたい。大胆になりたい。欲望に正直になりたい。自分自身になりたい。別に高い服じゃなくていい、いまの気持ちにぴったりくる服を、いま着たい。それが来年着れない服でもかまわない。「私にはこの丈が似合う」とか、「この色が似合う」とか、ささやかに決めていたルールを取り払って、なんの柵もない服の大草原を駆け回って好きな服を選んで着たい。かっこいい、かわいい、セクシー、シック、なんでも着たい。変な人だと思われてもいい。むしろそのほうがいい。いまの私は以前のモードとは違っているんです、ということを表明するのにこんなに簡単な方法はない。

というわけで、四十手前の私の財政は、これまでにない危機を迎えている。たぶん、こんなに買い物が止まらないのは人生で初めてではないだろうか。もうとにかく、欲が勝つのである。欲望が「今しかない！」と囁くのである。買い物の直感が冴え渡り、「これ、いいんじゃない？」と言ってくるのだ。ああ、着たい服を我慢せずに着るというのは、なんて楽しいことなんだろう。安い服で満足できるタイプなのが唯一の救いだが、それでも積もればけっこうな額になる。木製のハンガーの数が足りなくなって困るなんて久しぶりのことだ。

こういうのは、本当はまずい状況のはずなのだが、まったくまずいと思えていない。今年だけは許して、という気分である。借金をしているわけでもないんだし、なんとか帳尻合わせるし、私のこの一年、エンジョイさせてくれよ、着るものぐらい好きなだけ冒険させてくれよ、という気持ちだ。

服に対して金遣いが荒くはなったものの、着ることに対してこれほど気分が軽くなった年もない。「何を着てても私は私」という言葉が、理想論でなくしっくりくる。こないだは2日間かけて、秋冬に着る服を見にいった。着たことのない服ばかり買った。ビーズやスパンコールの刺繍のスカート、レザーのワンピース、レオパード柄のライダースジャケット、リボンタイのついたブラウス。どれも初めて選ぶタイプの服だ。

私はもう目立つことが怖くない。浮くことも怖くない。服でどんな人か判断されることも怖くない。そうなって初めて、私はどれだけ自分が、自分の欲望を押し殺し、我慢をしていたかを知った。

我慢しなきゃいけないこともある。お金が使えないときだってある。けど、自分がどんな人間で、何を書きたいか、そういうことについて、もう我慢したり、いい顔をしてごまかしたりしてる年齢じゃない、ということにははっきり気がついた。気がついてみれば、逆になぜ今まで我慢してたんだろう？　と思ってしまうくらい、憑き物が落ちたようになった。服に対して遠慮がなくなったのは、そのことと大きく関係があると思う。

確かに、若い頃はよく言われた。多少女っぽい服を着ていたり、お洒落をしているだけで「お前がライター？　嘘でしょ？　ほんとにもの書けんの？」とバカにされたり、実力を疑われたり、もっと言えば、「女の格好」で仕事を取っているんだと言われたりしたことが、たくさんあった。

そういうことがたくさんあったから、ありのままの自分ではだめだと思っていたのだろう。信頼される自分を装わなくてはいけないと思っていたのだろう。そのままの自分には価値がないから、服で良く見せようとか、態度で感じ良く見せようとかいう見栄もあったのだろう。そんなせこい計算、たいして通用しないのに。正直になっても、失うものなんて別になかったのに。私はそのことに、状況が行き詰まって本当に失うものがないかもしれない、という立場になるまで気がつくことができなかった。

ピチカート・ファイヴに『陽の当たる大通り』という曲がある。昔はこの曲が好きだった。「死ぬ前にたった一度だけでいい　おもいきり笑ってみたい」「おもいきり愛されたい」。そんな歌詞を切実な気持ちで聴いていた頃があった。いまはどう思うか、というと、失礼ながら「ばっかみたい」と思う。「死ぬ前にたった一度でいいの!? 信じられない！　ずいぶん欲がないのね」って感じだ。私は何回でも、何十回でも何百回でも思い切り笑って、思いきり好きな服を着て、思い切り愛されたい。それを我慢する理由も、「たった一度だけでいい」なんて思う理由も、もうどこにもない。

39歳で背中を出してても、ブラレットが透ける服を着ていても、誰も何も言わない。「そんなんで本当にものが書けるの？」と言われることもない。万が一言われても「書いてますけど?」で済む。若さゆえに不当に見下されたり、若い女であるがゆえに迫害されてきた不自由が、波が引くように去ってゆき、代わりに自由がどんどんやってくる。最高の気分だ。誰だかわからない世間の視線みたいなもののために自分を歪めたりしなくていいし、そんなことしようという発想すら溶けてなくなる。

でも、本当は、四十間際でこんなの遅すぎる。生まれたときからずっとこんなふうであれば、みんな余計なことで苦しんだり、自分を曲げたり歪めたりしなくて済むのにと思う。

二十歳の頃から、いや生まれたときから、私は自由でありたかった。自分の人生を悔いる気はないけれど、これからは「最初から自分の欲望を肯定し、それを謳歌する自由を知っている世代」ばかりになってくれればいいのに、と思っている。貯金は、それなりにしておいたほうがいいと思うけど……。いつか私のように、狂い咲くときの予算ぐらいは用意しておいたほうがいいかもしれない。ま、だいたいＺＡＲＡとかですけども。

40歳で人生が始まる

8月の終わりに、オールナイトのAV上映イベントに出演した。外に出るともう明るくなっていて、私は楽しかったイベントの余韻を引きずっていたし、このまま帰っても興奮したまま眠れないんじゃないかと思って、「あと一時間待って、映画観る！」とぐずり始めた。友達のAV監督の今田さんが、「じゃあお茶でもつきあうよ」と言ってくれ、早朝のミスドでドーナツを食べ、コーヒーを飲むことにした。

今田さんは、私よりも1つ年上で、学年は同じ、みたいなやつで、ほぼ同い年みたいなものだ。通ってきている文化が似ているのと、今田さんのどっか力の抜けまくった柔らかい感じに油断して、私はわりと、今田さんには警戒の壁を下げて自分の話をしてしまうことが多かった。

今田さんは、今年、長年所属していたAVメーカー・ハマジムを会社都合で退社することになり、「ハマジム以外でAVを撮る気はないから」とAV監督引退宣言をしたばかりだった。もともと、「ハマジムだから撮ってる」とよく言っていたから意外ではなかったし（監督の撮りたいものへのこだわりに対する自由度が、ハマジムと他のメーカーではまったく違う)、AV以外のものを撮れる実力もあると思っていた。だから、きつい状況なのか、チャンスなのか、まだわからないような曖昧なときが、そのときだった。全然、心配はしてなかった。柔軟だし、人望もあるし、実力も買われている。AVの世界に戻ってくるのはいつだってできる。他に好きなものがあるならいっぺん、外で、それを撮ってきてほしいし、それをわたしも観たかった。

「雨宮さんは最近どうなの?」

「いや、40歳くるの、やばいよね」

「どうやばいの?」

「40歳直前の時期っていうか、今もだけど、ありえないようなことばっかりで、今年はめちゃくちゃ。今も8月だとか言われても、全然もう、そんなこともわかんないぐらい、アップダウンが激しい。時間の感覚が歪む」

「あー、もともと雨宮さん、そういうとこあるよね」

「メンヘラって思ってるでしょ」

「いやいや、まぁそれもあるけど」

「もともと不安定だけど、ちょっとやっぱり今年の波は普通じゃないよ」

「でも、そういうときって、仕事はさ」

「できるんだよねえ。死ぬほど書ける。もう書けないものはないぐらいに思う日もある。実際は、そこまで書けるわけじゃないんだけど、書けるよ。普通のときよりも」

そう言ったら、「でもさ、そういうのって、そうなるってわかってて追いかけちゃうところ、ない?」と言われた。そうだ。その通りだ。

「俺たちみたいな仕事って、なんかこう、自分の心を持ってかれるようなもん見つけると、深追いしちゃうじゃん。そこ掘れば面白いもん撮れるに決まってんだもん。でも、撮れればそれでいいかっていうと、こっちはこっちなりに傷つくし、やっぱきついんだよね」

そう、心を動かされるものを追いかければ、そうなる。揺さぶられるし、振り回される。望んでそうしているからといって、ダメージがないわけではない。

心を道具に仕事をするというのは、そういうことなのだ。

「ネタにさ、命賭けちゃダメだよ」。今田さんは帰り際にそう言った。「いくら面白いものが作れるかもしれなくても、命取られるとこまで追っちゃ、だめだよ。追いたくなるけど、この年になって思うのは、やっぱ命取られるようなとこまで行っちゃったらダメだなってことだよ」

「自分の人生を食いつぶされるほど、何かを深追いしちゃダメってことだよね」

「うん。それをやる人もいるし、それが面白い人もいるけど」。その先の言葉は言わなかった。お互いに、生きててほしい。幸せであってほしい。そのうえで、いいものを作ってほしい。駅で手を振って別れた。

「不幸でなければ面白いものを作れない」というジンクスのようなものが、この世界にはある。確かにそういうタイプの人もいる。幸せになったとたんにつまらなくなってしまう人。不幸であることを原動力にできる人、ネタにできる人。

不幸なものほど共感を得られやすいし、つらい、さみしい、切ない、そういうネガティブな感情のほうが、人の心に寄り添っていきやすい。「不幸な頃のほうが面白かった」。それは、この世でいちばん下品な言葉だと私は思っている。その下品な言葉と戦って勝つために、生きたいと思うことさえある。

そう思っていても、その前の日の明け方、私は近所のカラオケボックスに安酒をトム・フォードの紙袋に入れて持ち込んで、トイレで吐いた挙句ぶっ倒れ、トイレで倒れている間もしっかり延長料金を取られ、自宅までたった3分の距離を歩くのがやっとで、気絶するように眠ったあとで気付けば腕に身に覚えのないあざがいくつもできていたりして、そこそこやばい状態になっていたし、これからもたぶん、そんなことは何度でもあるんだろう。

生き残って私たちはまた会う。必ず。絶対なんてない人生だけど、約束ぐらいはしたっていいんじゃないか。どんなことでも、生き残っていれば、いずれ、たいしたことのないことに変わっていく。何度でも、追いかけて、深追いして、傷ついて、いずれそんなことをしなくても別の情熱が、健全な情熱が生まれるのかもしれないし、そうじゃないのかもしれない。書けなくなるのかもしれない。そのどれが幸せで、そのどれが不幸かなんて、他人に決めさせてやるものか。私が決めることだ。

40歳は、80歳まで生きると仮定したら、ちょうど折り返し地点になる。生きていることは、当たり前じゃない。だから私たちは何度でも誰かと約束を交わし、相手と生きて再び会えることを祈る。

恋愛、どうする!?

40歳を過ぎた人は、恋愛やセックスのことをどうしているのか。私はいつもその答えを探していたし、その手の記事や本はよく読んでいた。いろんなことが書いてあった。恋愛に年齢は関係ないとか、セックスは逆に年齢を重ねたほうがよくなるとか……。でも知りたいのはそんなことではなかった。ニーズがあるのか。それだけだった。

そのことに関して、心を落ち着かせてくれるような、本当のことだと思える答えは全然見つからなかった。いつだって若い人間は傲慢なもので、20代の頃は30歳を過ぎたらもう、恋愛の相手にもセックスの相手にも困るようになるのだと思って怯えていたし、30代の頃には、やはり、40歳を過ぎたらもう恋愛でもセックスでも、みじめな思いをすることが増えるのではないか、と怯えていた。

30代の後半、私は焦っていた。恋愛のブランクもあったし、結婚したいと思っていた。つきあおうか、という流れになったら、真っ先にその可能性を聞いた。将来を考える気はあるのか、と。約束が欲しいわけじゃない。必ずしも結婚という形でなくてもいい。けれど、「この人だ」と思い合って、積み重ねていくような関係が欲しかった。だって、これまでの恋愛は、どんなに激しくても、どんなに深くても、壊れて消えていくだけで、支えてくれた相手はもう私の側にはいない。ある人は奥さんを、ある人は奥さんや子供を支えていて、もうそんなところに私の割り込む余地などないし、私のほうだってそんなことはしたくない。

私は子供が欲しいと思っていない。だから、私が求めていたのはただ、「終わらない恋愛」だった。そんなものが本当にあるかどうかは別として、欲しかったのはそれだけだった。

恋愛は自分を映す鏡だとか言うけれど、今ほどそのことを実感しているときはない。「将来をどう考えているか」なんて、質問のようで質問ではない。「私と同じものを求めていないなら去って」と言っているのと同じだ。私はそういう女なのだ。そして、同じものを求めていると言われても、同じように考えていると言われても、自分のほうが気まぐれに他の人に心を移すこともあった。つまり、そういう女でもあったのだ。誠実でなく、矛盾していて、誘惑に弱い。人に何かを求める資格なんか、ない。

恋愛だけは、回数を重ねても、うまくなっていない自信がある。あれだけ悪い男にひっかかり、振り回され、あんな思いは二度とごめんだと、何度も死ぬような思いをしたくせに、変わらないのだ。「病気になるからこれ以上甘いものを食べちゃダメ」と言われても、ケーキのガラスケースばかりを見つめてしまうように、好きなものは好きなのだ。私は、ガラスケースに入った、魅力的でふしだらで、女癖が悪く、だからこそ女をよく知っていて、女の扱いに長けているような男をじっと見てしまう。たいてい、そういう男は自分の見せ方を知っていて、うまくデコレーションしている。その演出も込みで、良く見える。そういう男が、世間的にはろくでなしだとわかっていて、ガラスケースから出して自分の手元に置けば、自分の内臓が灼けるほど苦しむとわかっていても。

終わらない恋愛が欲しくて、誠実で自分だけを見てくれる人と穏やかに過ごしたい、できれば一生。そういう気持ちと、どうしても女癖の悪い男に惹かれて、のぼせあがってしまう気持ちが、同時にある。奥さんにバレることを恐れつつ誘惑してくる既婚男性はこういう分類には入らない。もう結果が見えてててつまらないからだ。セックスだけして遊びたいわけじゃない。ということは、本気で振り回されることを、私はどこかで望んでいたのだろう。何度もそれで死ぬような思いをしたくせに。

年齢による引け目を感じることは、なくはない。鏡を見れば、自分の年齢ぐらいわかる。抱き合えば、肌の質感が若い女の子とは違うのがわかる。でも、そういうのは、些細なことだ。

私が、男に振り回されている瞬間、傷つきながらも恋愛の醍醐味を味わっているように、男のほうだって振り回されながらそれを味わいたがっている。そして、そういうことができる女、振り回す側にいられる女に、私はなれたことがない。

甘えるのが下手で、本音を言うのが下手で、めんどくさい女だと思われるのが怖くて不満を言えない。言うときには不満がものすごく溜まっているから、すごく嫌な言い方になる。かわいげなんかどこにもない。

自然に男の心をそそり、欲望をそそり、関心を持たせ、引き込んでゆく女を見て、どうして自分はそのように生まれなかったのだろうと思ってきた。何百回、何千回と思ってきた。床に頭を打ちつけながら思ったこともある。恋愛の中で、他の女と自分を比べてしまう瞬間がいちばんつらい。自分があの子のようだったらうまくいっていたかもしれない、と思う瞬間に、目の前が暗くなる。自分で自分の人生を否定すると、目の前が暗くなるものだ。

爪を何色に塗ろうが、どんなメイクをしようが、どんな服を着ようが、そんなことは小さな影響しか及ぼさない。圧倒的にきれいで、ずば抜けてかわいくて、魅力的な身体をしていて、性格が良くて――そういう女が近くに来たら、自分なんかなんの意味もないゴミクズみたいな存在に思える。

石田ゆり子さんのInstagramを見ていると、あまりにかわいすぎて言葉を失う。もう嫉妬すら起きない。目の前に石田ゆり子さんが現れたら、私にできるのは、横にいる男の手を握り、どうか行かないでと願うことだけだ。でもわかっている。石田ゆり子さんとのデートのほうが絶対に楽しいし、心安らぐし、彼女の笑顔を見ているだけで幸せな気持ちになれるんだと。よくわかるだけに、なんの抵抗もできそうにない。

40歳になっても、恋愛やセックスはできるのか、という問いに答えるなら、イエスだ。はっきりそう言える。別に30代とそんなに変わらなく思える。ただ、そこで、これまでの人生の総決算みたいに、自分の恋愛の真実に向き合わなくてはならなくなった。たまたまかもしれないが、私の場合、それは40歳になる手前でやってきた。

私は長いこと、自己評価が低かった。物心ついたときからそうだった。仕事や他のことではなんとか少し自信をつけることもできたし、今は自分に対して不当に低い評価をしているつもりはない。

特に恋愛では、自己評価を低くしていると、そこにハゲタカのような男たちが寄ってきて、よってたかってお前はダメな女なんだから、このくらいの扱いが普通なんだと、ひどい扱いをしていった。だから強くならなくてはならなかったし、自分を守るためには自己評価を上げる必要があった。

それでも、恋愛に関してだけは、まだ歯車がきちんと噛み合っていない感じがある。相手が自分に対し、どのような評価を下そうとも、私は私なのだと毅然としていられる自信がない。そう、私は私なのだ。そのことはわかっている、私は、私以外の誰にもなれない。それでも、変な話だが、私は好きな相手そのものになりたいと思うことがある。相手の気持ちを理解し、価値観を理解し、自分ではないその人の見方で一緒に人生を見てみたいと思う。

他人と、恋愛という強烈な形で交わりたいと思う気持ちは、私の場合、最終的にそういうところに行く。でも決して、彼にはなれない。私は私にしかなれない。そのことが分断になる場合もあるし、欠けているところを補い合うような形になったり、理解し合うことがお互いの助けになることもある、悪いことばかりではないけれど、私はこのような状況になっている最中は、相手の目線や考えに感づいてしまうことがある。ああ、あの女は彼のタイプだな、とか、今、私に対してテンションが下がっているな、とか。そんなことがわかる。

相手が、私のことを「つまらない、面倒くさい女だ」「切りたい」と思ったとき、私にはそのことがわかる。

わかっても、私は私でしかいられない。自分からは逃げられない。

40歳前後の恋愛には、これまでの恋愛の総決算のようなものがやってくる。これまでの失敗のパターン、成功のパターン、自分の恋愛の、どうしようもないクセ。その中で「お前はどうやって生きていくのか?」と選択を迫られるような感じがある。恋愛ができるか、セックスができるか、そういうシンプルな問題じゃなかった。チャンスはある。けれど、そこでお前は何を選び、どういう自分になるのか、ということを、恋愛を通じて試されているような気持ちになる。

一度通り過ぎてきた、もう片をつけてきた、答えを出してきた、そうした20代や30代前半の「練習問題」よりハードな「本番」が、四十前後でやってきた、というのが私の正確な実感だ。みんながみんなそうなのかわからない。でも、自分が自分でいられて、恋愛を「練習問題」や「本番」じゃなく、「楽しむ」ためには、ここで何か自分なりの答えをつかんでこなければいけない気がしている。

自撮り、どうする⁉

私の世代の人間は、若い頃から「自撮り」をしてきた世代ではない。そして、自撮りが流行り始めた頃には30代後半になっていて、自撮りをやっている若い子たちはというと、アングルもキメ顔もこなれているし、アプリの使い方もうまいしで、もう全然そのテクニックにはついていけないし、自分で自分の最高値を素直に叩き出そうとする感覚そのものが、私にはなんだか恥ずかしくて「無理！」という感じだった。一人で、iPhoneに向かってキメ顔なんて……。たまにiPhoneのカメラを自撮りモードにして自分の顔を見るだけで、「ッカー！」と謎の奇声を発しては、シャッターを押せずに終わっていた。

鏡よりも、カメラは容赦ない。目線もどこにキメたらいいのかわからない。よりマシに見える角度もよくわからないし、一人で探している自分がもう恥ずかしい。それゆえに「鏡越しにiPhoneで顔を半分隠して撮る」というのが、自撮り流行初期の私と同世代の人の特徴だった。

だから、Instagramが流行り始めたときも、「いや、これは無理！」と思って諦めていた。もともと写真とか下手だし、ビジュアルのセンスがないことには自信があった。そうしてモタモタしているうちに、ハッシュタグとかタグ付けとかリグラムとかやり方わかんないことが増えてくし、みんな写真もめっちゃ上手になってくし、ちょこっと添える文章も気が利いててこなれてるし、まぁやらないんだったらやらないで無視しとけばいいんだけど、気になりつつチラチラ横目で眺めていた。正直、まだそのときは「なぜ流行っているのか」にピンと来てなかった。

その瞬間が訪れたのは、電車に乗っているときだった。原宿駅で近くに立っている女の子の iPhone の画面が見えた。彼女は Instagram を見ていたのだが、その画面は全部、服のコーディネート写真だった。それを見た私は「!!! わかったー!!!」と叫びだしたくなった。なるほど、人のコーディネートやお店発信の商品紹介で、本当に身近なお洒落を見るものとして使ってる人がいるんだ！　と思ったのだ。商品カタログとしても見れる。どこのお店に何があるのかもわかる。もちろん、そういう使い方だけが Instagram の使い方ではないけれど、それだったら見るの楽しいかも、と初めて思えたし、人がどんな服を着て、どんなアクセサリーを着けてて、っていうことは、気になるし見たい。「もうヤングのＳＮＳにはこれ以上ついていけないかも」と思っていたInstagramへの光明が見えた瞬間だった。

それでInstagramをおそるおそる見るようになったのだけど、そしたらこれがもうまぶしくてまぶしくて仕方なかった。好きなものをバシッと撮る人、語る言葉を添える人、自分の写真をめちゃくちゃいい感じで載せてる人、その場の空気が伝わってくるような友達との写真を載せてる人……。てらいもなく「これかっこいいでしょ」「素敵でしょ」「これ大好きなの」と言うパワーみたいなのが見えて、しかもそれが特に高熱で浮かれているんじゃなくて、平熱なのだ。「あ、ちょっといまいい感じだから撮っとこう」程度で、日常の中に組み込まれている。旧世代の私にはそのこともすごく新鮮だったし、日常をうまく切り取る系の人もいれば、すごく凝ったシチュエーションでバッシバシにキメた素晴らしすぎるショットしか載せない人もいたりして、いろいろ面白くなってきてしまった。

そんなものの前で、「自撮り恥ずかしい～」とかいうちっちゃすぎて顕微鏡でしか見えないような自意識を持ってるほうが恥ずかしい、と思った。服とかアクセサリーとかをアップして「え～センス自慢？　大したことないのに」と嘲笑されるのが怖いとか、そういうのもなんか、ださい、と思った。

隠していたって、センスがいいと思われるわけではないし、どうせ隠しきれないんだったら出したってあまり変わらないんじゃないか。むしろ、見せることに慣れていったほうが、写真も多少はうまくなるかもしれないし、見せ方の演出のテクニックは上がっていくんじゃないか、と思った。

最終的な気分は、「もういいじゃん」だった。ひけらかす若さもないし、財力もないし、モデルさんや女優さんのような美貌もないし、すごいパーティーに行ったとか有名人とつるんでるとかもないし、ハッとするようなセンスもないし、でも、それが自分なんだから、もういいじゃん。隠したって始まらない。そんなもん全部なくても、出して見せて「私っていいでしょう」って堂々としてる人のほうが断然かっこいいんだから、この世界に出ていこう、という気持ちになった。

ずっと自分の見た目のことや、センスに自信がなく、自慢するのも自虐するのもかっこ悪いし……と中途半端な気持ちでいたことを、これを機になんとかふっきっていきたい気持ちがあった。私はずっと、顔写真を出すのを避けていた時期がある。ライターになってから10年間はほとんど出してない。単著が出て取材を受けるようになってから、仕方なく出すようになったけれど、それまでは「女」というだけでなんか言われるのが面倒だったし、「もう女ってことはどうしようもない事実だし、女であることなんか普通だし、別にいいじゃん」と思い切ってもなお、美醜について言われたり、服がどうとかこうとか言われるのは、やっぱり気が滅入るもので、自分の写真や、自分の撮った、自分の生活が見える写真をアップする、ということをポジティブな意味で捉えられたことがなかった。これを機に、それができるかもしれない、と思った。

最初はまぁ、もう、そりゃあ下手くそだったし、がんばって演出しようとするあまり変な感じになったりしていた。だいたい、自撮りっていうものをどんなスタンスで発信すればいいのか、やっぱりそこに照れもあって、微妙な感じだった。

転機が来たのは、友達と一緒に台湾に旅行に行ったときである。台湾のわりとゴージャスなデパートに行ったら、入り口に素敵な花が飾ってあった。そこが記念写真スポットみたいになっていたのだが、中華圏の観光客と思われる人たちが、若い人たちから老夫婦まで、そこで三脚を立ててしっかりポージングして、納得できる一枚が撮れるまで、じっくり何度も撮り直していたのである。

美男や美女ではない普通の人たちが、自分のベストショットを探す。撮影している側もいい写真を撮ろうとする。日本だったら「デパートの入り口でｗｗｗ」と笑われるような光景かもしれない。でも、キメッキメにポーズを決めるその人たちは、まぶしかった。急にカーッと目が覚めた感じがした。こうでなきゃ。人は、こうでなくちゃ。自分を当たり前に好きで、楽しんでる人って、こうでなくちゃ。私はそこでいきなりポーズを取り始めた。友達は「まみが覚醒した！」と言って写真を撮りまくってくれた。あの見知らぬ老夫婦が、私を変えたのだ。

そこから、徐々にではあるが、これいいなと思う瞬間に写真を撮ることにためらいが減っていった。そして、そういう写真をアップしていると、友達も「あ、撮られるの嫌じゃないんだ」と判断してくれて、より面白い写真を撮ろうとしてくれるようになった。私から「この背景かっこいいから撮って！」と頼むこともあるし、自分がいいなと思う瞬間があれば「撮ろうか？」と言って友達を撮ることもある。友達の写真が、自分に見えている通りにチャーミングな表情で撮れると、嬉しい。アップするしないにかかわらず、嬉しい。

慣れてくると、自分の顔なんて、ただの顔じゃん、と思えてくるようになった。そりゃあひどい顔に写るときもある。でも、自分にひどい顔があることも知ってるし、それを普段見せながら生活しているわけで、そんなのたいしたことじゃない。人に見せる写真ぐらい、できるだけ綺麗にしたいっていうのは、お化粧したり服を着たりするのと同じぐらいのことだ、という感覚になってきた。したくない人は、やらなければいいし、やる必要もない。ただ、私はしたかった、というだけ。

私は人に良く見られたいし、センス良く見られたいし、それを隠すことのほうが、見せることよりもかっこ悪いと思った。

本当にそれだけなのだが、写真を撮ったり撮られたりに慣れてきた今、「自分の人生は自分が主役である」という意識が強くなったのを感じている。自分の人生で自分が主役なんて、頭ではわかっていたけど、主役らしいふるまいができなかったし、客観的に考えたら、とても自分が主役なんて……とどこかおどおどしていた。そのおどおどが抜けていった。不思議なことである。

人は、ナルシストのことをバカにするし、こっけいだと笑うけれど、同じバカなら酔いしれた者のほうが人生楽しいんだ、ということを、私はInstagram及び自撮りや友達に撮ってもらう写真から教わった気がしている。

だんだん狂っていく

未発表原稿

「あーもう死にたい」みたいな感じで、日常の言葉として使われる「死にたい」は嫌いじゃない。でも、「もう死にます」と、今度こそ本当に死ぬみたいなシリアスさで何度も死にますを繰り返すようなことが、私は好きじゃない。

なのに、なぜか40歳を目前にして、死ぬことばかり考えるようになった。

周りに心配をかけるし、実際に死ねばすごい迷惑をかけるし、こんなことは考えるべきじゃないし口にすべきじゃない、とわかっていた。けれど考えることをやめられなかった。心のつらさから逃げる方法、苦しいことを考えずにいられる方法が、ほかにはないと思った。

そんな自分を知っているのは、本当に身近な数人で、あとの人たちには、たとえ死んでも「そんな風には見えなかった」「いつも楽しそうだった」と言われるだろう。その程度の見栄も張れないようだったら、とっくに自分自身であることなんか放棄してる。見栄を張っているとか、無理をしているわけじゃなくて、本当に平気なのだ。軽く「死にたい」と思う程度の落ち込みのときは何も手につかなくなったりするのだけど、わりと本気で「いつまでに死にたい」という感じのときは、自分でも意外なほど、表面上は何も変わらない。死にたいなんていう気持ちは、奥の奥のほうにあるもので、表側の自分は普通に日常をやってのけている。

不思議なことだが、強く重い気持ちが胸の中にあっても、それを抱えながら過ごしていた毎日は、これまでにないくらい楽しい毎日だった。週に何度か、友達に会って飲んだり、遊んだり、仕事も決して不調ではなくて、嬉しい仕事も多く、やりがいもあった。好きなプロレスや宝塚やライブにもよく行っていた。とても死にたい人なんかには見えなかったはずだし、自分自身も無理をしてそういう毎日をやっていたわけじゃなく、本当に楽しんでいた。なんというか、それとこれとは別、という感じなのだ。楽しいことがどれだけあっても、それは死にたい気持ちと足し算引き算の関係にはならない。それでも、明日はあの舞台がある、あの人が見れる、あの音が聴ける、と思うと、それは小さな希望になって、それを食いつないで生きているようなところはあった。どうせ死ぬ、と思うと、やりたいことに対してためらわなくなった。

死のうかな、と思うと、行動は躁っぽくなる。私は少しずつおかしくなった。もう死ぬのにいちいち電車なんか乗ってらんない、とタクシーに乗りまくり、「高速乗ってください」とか言うようになり、いつ着るんだというような服をどんどん買った。真っ赤なレースで上半身が全部透けるようなワンピースや、ベアトップのグリーンのサテンのロングドレスなど、なんだかドラマチックな服を買って、ネットでいきなり靴を4足注文したりした。自分に似合うと思えば何でも手を出した。「数日後のあの日に何を着ていくか」みたいなことが楽しみで、「金の長いチェーンのネックレスがあれば完璧なのに」と思えばすぐに注文した。「あれがあればいいのに」と思う「あれ」を欲しがることを躊躇しなくなった。

もとが小心者なので、あまり額の大きなものには手を出さなかったが、それでも通帳の残高はどんどん減り、引き落とし口座は残高のマイナスがかさんでいった。すごい。破綻してる。他人事のようにそう思った。大きな買い物をするとか、ギャンブルにはまるとか、マルチに騙されるとかじゃなくて、こういうふうに些細なことがかさんでかさんで、このくらい平気だ、なんとかなると思っているうちに、身動き取れない状況になっていくのだな、ということがリアルにわかった。でもやめなかった。やめられなかったのではなくて、やめようと思わなかった。こっちは死ぬ気なのに、金のことなんか知るか。でも、死ぬ気なくせに、これから始まる夏のためのバッグを買ったりしているのはなんかおかしな気もした。いつまで生きているつもりなんだろう、と思ったりもした。

ある日、渋谷からタクシーに乗った。激しい雨の夜で、ワンピースの裾が濡れて、寒かった。私は真っ赤な派手な傘をたたんで車に乗り込んだ。運転手さんが急に「私はクリスチャンで」と自分がクリスチャンになった経緯を話し始めた。「キリスト教では、自分の身につらいことが起きたとき、どういうふうに考えるんですか?」と訊くと「主の御心のままに、です」と言われた。わからなかった。私には主はいない。

家に着いて、常温で保存している調味料や米を全部捨てた。家で料理をすることもほとんどなくなっていたから、鍋やフライパンも捨てて、それなら食器だっていらないと思って、もらってくれる人のいそうな食器を除いて、半分ぐらい捨てた。そのあと、WOWOWとかNetflixとか有料で会員になってるものを片っ端から解約していった。数日後にとても楽しみなパーティーがあって、それが終わったら死のうと思っていた。

出かける前に日焼け止めを塗っている自分が不思議だった。ただ、どうせもう死ぬんだから、とだらしなくいろんなことを放棄していくのは嫌だった。見た目から崩れていって、あきらかに「危なっかしい人」のサインを見せるのも嫌だった。爪をきれいに塗り直して、赤い口紅をつけた。赤いアンクレットまでつけた。

海辺のクラブのパーティーは最高で、昼に始まって出入り自由だったので、私は友達とビーチに出て海に入ってみたり、浜辺でビールを飲んでみたりして、夏の気分を満喫してクラブに戻って、夏の気分に合う音楽を聴いて、踊って、だんだん陽が落ちて暗くなってきて、そこから山下達郎「SPARKLE」、サザンの「愛の言霊」、ランタンパレード「甲州街道はもう夏なのさ」がかかり始めた頃からもう発狂しそうだったけど、ずっとひそかに好きだった久保田利伸の「Just the two of us」のカヴァーがかかったあたりからもう周りなんてまったく見えなくなった。すでにテキーラのショットを二杯飲んでた私に、友達がテキーラトニックを買ってきて渡してくれた。トニックで割ってくれたところに思いやりを感じた。大好きな「プラスティック・ラブ」までかかった。
なんにも思い残すことはないと思った。この最高の夜に死ねるなら最高だと思った。

遺書が書けてなかった。死んだら、あれをあの人にあげてほしい、というリストも頭の中にははっきりあったけれど、書き出せてなかった。でも、もういいやと思った。酔っていたし、面倒だし、とにかくいまが大事で、いま「思い残すことはない」っていうくらい幸せな気分であることが大事で、この勢いで死ぬということが最大の優先事項だった。

「もう家に着いてる?」とLINEが来た。私の様子がちょっとどうかしていると気づいていた人が、その日、一緒に遊んでいた友達に私の帰宅時間を聞いていたのだ。「話せる？」と言うので、電話だと思って「いいよ」と返すと「もう着くから」と返ってきた。そして、家に来てくれてしまった。

私が、わりと本気で死にたがっているということを知っていたのは、二人だけだった。その一人が、死のうとしている時間に来てくれた。

「死んだらさみしいから、死ぬな」

言葉はそれだけだった。本当に疲れてしまったから、死ぬことを許してほしい、と、感情を吐き出した。愛されている実感の前で、飛び降りることは急に難しくなった。

「なにか楽しいことはないの？　いろいろあるでしょ？」

と言われて、「たくさんあるけど、それでもどうにもならない。そのために生きていたいとか、そういう感じにはならないんだよ」と答えた。冗談で「私、最近ほんとどうかしてて、買い物も止まらないし、結婚もしないのにウエディングドレスの通販サイトずっと見てるんだよ。ほらこれかわいいでしょ」と言って見せたら「わかった、そのくらい買ってやる」と言われた。

「高いよ？」「いや、服にこのぐらいの値段、使うでしょ」「そりゃ私も使うけど」「買って面白くなるんだったら、買ってやる。40歳の誕生日にひとりで着ればいい」

私のおかしさが伝染したのだと思った。おかしくなっている私の地平まで降りてきてくれていることがわかった。理解なんかできなくても、それでどうにかなるわけでもなくても、できることをやるのだという意志を感じた。はたから見ればものすごくおかしくて奇妙な行動だけど、それは、やっぱり、どう考えても愛情だった。


死ぬはずだった日に、ウエディングドレスを買ってもらえるとは思わなかった。なんだったんだろう、この狂った日は。だんだんおかしくなっていった自分が呼び寄せた日だとは思わない。だんだんおかしくなっていく自分に、近づこうとしてくれた人のおかげで突然現れた奇跡のような日だったんだと思う。

あの日の湘南の海とクラブと、夜中のネットショッピング。翌朝にもう一人の友達から来た「よかった、生きてて」というLINE。「私、死ぬつもりで調味料とか鍋とか全部捨てちゃったよ」と返したら、「そんなの、勝手わかってるんだからこっちでやってやるし、気にしなくていいんだよ」と言ってくれた。そういういろんなものに支えられて、いちばんの深い谷をその夜、乗り越えられた気がした。

ミッドライフクライシスとか、いろんな言葉があるけれど、死にたくなる深い谷がやってくるのに年齢は関係ない。私なんて、周りから見れば恵まれていて、幸せそうで楽しそうにしか見えなかったはずだけど、そんなことも関係ない。ふっと、そういうものに足首をつかまれて、それ以外に逃れる方法がないと思ってしまうものだ。

まさか、ウエディングドレスを買ってもらうなんて思ってなかったし、そんなことがきっかけで抜け出せるとも思ってなかったけど、どうやら私の人生は、どこまでもちょっと間抜けで、おかしな感じにできているらしい。明日、ドレスが届いてしまう。もう今夜は、死のうとは思わない。

特別寄稿

小嶋優子（編集者）
山内マリコ（作家）
穂村 弘（歌人）
こだま（作家）
ペヤンヌマキ（劇作家・演出家）
里村明衣子（センダイガールズプロレスリング代表取締役）
吉田 豪（ライター）
住本麻子（ライター）
松本亀吉（ライター）
九龍ジョー（ライター）

雨宮さんと『女子をこじらせて』

小嶋優子（編集者）

雨宮まみさんの著書『女子をこじらせて』の編集を担当しましたフリー編集者の小嶋と申します。私がたまたま雨宮さんの単著の最初の編集者だったということで、この本に、この文章を書くことになりました。

正直に言うと、雨宮さんが広く知られるきっかけとなった『女子をこじらせて』（ポット出版）で、私が編集者としてしたことは特にありません。

というのは、フリーの編集者である私が知り合いのポット出版の方に、「こういう、とても面白いライターさんがいて、ぜひ彼女の本を出したいんです」と雨宮さんを紹介したところから始まり、三人で打ち合わせして同社のウェブサイトで連載をすることが決まったはいいものの、その第1回として送られてきた原稿が、打ち合わせをした内容とは全く違うものだったからです。

当時雨宮さんはAVライターだったので、打ち合わせでは、エロ業界の現場で出会った出来事や女性のセックス観にまつわる世間の事象をネタに、ジェンダーや性について語るエッセイにしましょうということになっていました。ところが、初回の内容に悩んでなかなか書き始められなかった彼女からちょうど1ヶ月ほど経って届いた原稿は、どう読んでも、「自叙伝の前書き」でした。

読んで一瞬、あれ？ と思いましたが、次のくだりが目に入ったとき、「もう、このままおまかせで行こう」と思ったことを覚えています。


「自分は部屋にこもってAV観て一日8回とかオナニーして寝落ちして日が暮れてるんですから、そりゃ泣きますよね。泣くっつーの！」


「一日8回オナニーして泣いた」なんてことを書くライターを、私はそれまで知りませんでした。今でも知らないです。

とにかくべらぼうに面白い原稿でした。

初めて雨宮さんとお会いしたのは、２００９年の初夏だったと思います。

当時、私が業務委託として勤めていた出版社の同僚（男性）が、「ＡＶ女優の峰なゆかさんの本を出したい」と言っていたことがあり、私は峰さんを知らなかったので検索すると（「アラサーちゃん」の出版はこの2年後の２０１１年）、雨宮さんのブログ「弟よ！」がヒットしました。

エントリをざっといくつか読んですぐさま、この人の本を出したい、と思いました。私が本を作りたいと思う動機のひとつに、「自分がおぼろげに言いたかったことを、自分には思いもよらなかった言い方で、ずっとうまく言ってくれている」ということがあります。そんな都合のいいことはそうそうないのですが、雨宮さんの原稿は、まさにそれでした。

個人的な、しかも古い話で恐縮ですが、雨宮さんよりちょうど10歳年上である私は、編集の仕事を始めた頃がちょうど、上野千鶴子さんの『スカートの下の劇場』で幕を開けた第三波フェミニズムブームのさなかでした。同時にＡＶも全盛期で、村西とおるさんや代々木忠さんといった有名監督や、加藤鷹さんという、ＡＶ界初のスター男優も現れ、多くのＡＶ女優が地上派のテレビのバラエティー番組にもたくさん出ていました。

「性」がカルチャーとして、今よりもずっと熱く盛り上がっていた時期だったのだと思います。当時、JICC出版局（現・宝島社）という出版社にアルバイトとして潜り込んだ私は、そんな社会状況の中で性をテーマにムックを作ることになり、女性ライターさんたちに、性風俗（SMクラブ、ソープランド、ストリップ劇場、テレクラ、イメクラなど）やAVの取材をお願いして、『セックスというお仕事』という1冊にまとめました。ライターはすべて女性で、実際に女王様を体験してくれたライターさんや、ソープランドの店長からプロの実技の手ほどきを（口頭で）受けたライターさんもいたりと、難しいイズムの話や指向は一切なく、ほとんどの記事がただ見たままを書くルポルタージュでした。

その後、フェミニズムは下火になり、私自身は、性にまつわる企画としては、サブカル誌から男性誌に鞍替えした『宝島』でヘアヌード（！）の撮影の立ち会いや、女性向け大人のおもちゃ屋さんの取材をしたり、乳首にボディピアスを開ける瞬間の撮影、なんていうものをよくわからないままにやっていました。

雨宮さんのブログに出会ったのは、私が担当した前記のムックからなんと20年近く経っていたのですが、雨宮さんが性を語るその語り口に、私は、「ついに、こういう人が出てきたんだ！」と衝撃を受けました。

前述した峰さんの本を出したいと言っていた編集者に頼み、峰さん、雨宮さん、彼、私、の4人で会う機会をセッティングしてもらいました。

神楽坂の居酒屋で行われたその会で、美女二人を目の前にして、私たち編集者二人はあまりうまくお話しできなかったように記憶しています。

文章の赤裸々さ、過激さとは裏腹に、雨宮さんは口数も多くなく、楚々として終始柔らかく微笑んでいました。

最初に会ったときからそうなのですが、その後も、私は雨宮さんと会うときはいつも緊張していました。彼女はこちらの言うことを決して否定はしないけれど、絶対に譲れないコアがある。表面のたおやかさや奥ゆかしさを一皮剥くと、とんでもなくざらざらしてヒリヒリした生々しい物体が出てくる。私の拙いコミュニケーション力では、なかなかコアまで到達できない、という歯痒さがありました。

雨宮さんを知る人なら誰でも知っていることですが、雨宮さんは、きれいな人でした。でも、2009年当時の雨宮さんは、その美しさをうまく表現できていませんでした。

企画の打ち合わせのために、当時業務委託で勤めていた会社に来てもらったことがありましたが、そのときの雨宮さんは、タンクトップの上に縄でできた投網のようなメッシュのトップスを重ねたスタイルで現れ、古めかしいビルの会議室だったせいかその姿に一瞬ぎょっとしてしまい、今でも強く印象に残っています。なんとかして普通を装おうとしているけれど、体の中からどうしようもなく過剰な何かが漏れ出してしまっている……そんなふうに見えました。

著書を読むとわかるとおり、あれほど自分の容姿にややこしい思いを持っていた雨宮さんですが、客観的にみると、雨宮さんはいつだってとても美しくて、優しくて、ユーモアがあり、笑顔がかわいくて、声がまたよくて（大好きでした）色っぽく、優雅で繊細な人でした。


ポット出版のウェブサイトで始まった連載は、時折私が感想を言ったり、催促したりするていどで、少しずつ少しずつ進んでいきました。

ときどき数ヶ月も更新が止まってしまい、もしかするとこのまま終わってしまうのかなと思うこともありました。そうすると思い出したように雨宮さんの方から、「最後までよろしくお願いします」と原稿が来るのです。

そんな流れで1年以上連載して最後まで書き切り、ようやく『女子をこじらせて』は世に出ました。今改めて読んでみると、やはりめちゃくちゃ面白いなあと思います。

「え？　気持ちはわかるけどだからってそれやる？」と突っ込みたくなるくらい、まるで過酷すぎる夏休みの自由研究に必死で取り組む子どものように、すべてに体当たりして、いちいち傷つきながら、性とか、女とか、自意識、美しさ、才能、といったものを少しずつ理解していく雨宮さん。多くの人が、傷つきたくなくて回避することを、雨宮さんが全部、代わりにやってくれているように感じました。

どれくらい売れたのか、今ではもう覚えていないのですが、『女子をこじらせて』は発売してすぐにアマゾンで品切れになり、増刷が決まったように思います。

もちろん、処女作なので絶対売れるようにしなくては、とがんばって製作しましたが、一方で、この反響は当然のように感じていました。

連載が始まる前から、雨宮さんはその文才でAV業界はもちろん、サブカルチャー界隈でも注目のライターでしたし、ネット連載中からアクセスがすごいと、ポット出版のNさんからも聞いていたからです。

原稿の内容が当初打ち合わせしたものとは違ったとさきに言いましたが、雨宮さんが書きたいものを、書きたいペースで書いてもらえたことは、今思えばよかったと思います。一度、半生をすべて吐き出すということは、彼女にとって必要なことだったのではないでしょうか。

もしこの本がなくても、どういう形かはわかりませんが、きっと彼女はどこかで『女子をこじらせて』にあたるものを書いていたと思います。

過去のメールを見返してみると、発売直後から雨宮さんにはテレビ出演や座談会など次々とオファーが入り、連載も増え、ライターとして大きく飛躍していきました。雨宮さんが生み出した「こじらせ女子」という言葉が、流行語大賞の候補にもなりました。そんな彼女の活躍を、私は「ああ、大きな存在になっていくんだな」とはたからまぶしく眺めていました。

交友関係もどんどん広がり、華々しくメディアに現れ、ますます美しくなっていく雨宮さん。

書くものも、深みを増して評価が高まっていきました。ただ、先鋭化していくというのか、自分で自分を切りつけるような文章で、『女子をこじらせて』のあとがきで「解脱した」と言っているのとは裏腹に、生きづらさを増しているようにも見えました。

「こじらせ女子」という言葉が一人歩きして、多くの媒体から、無理解だったり不躾だったりするオファーが重なったことも、繊細な彼女を疲弊させることになったのかなと思います。

そんな雨宮さんの様子を眺めながら、書かれたものを読みながら、私は、しばらく雨宮さんと仕事をすることはないんだろうな、と考えていました。別のステージに行ってしまったということもありますが、もう少し時間が経てば……あと10年くらい経てば、不遜な言い方になるのかもしれませんが、「こじらせを飼い慣らして」、楽になって、鋭さはそのままに、別の視点から文章を書く女性作家になっているのではないか、と思っていたのです。その頃、また一緒に本を作りたい、とずうずうしく考えていました。

でも、そんな甘いものではなかったですね。魂を欲望に差し出したかのように、雨宮さんの自我はキラキラとした世界（それは幻想なのだろうけど）に向かって、閃光のように駆け出して行ったまま、もう戻ってきませんでした。

なぜ雨宮さんだったんだろう、と思うことがあります。

雨宮さんの文章に心をつかまれ、彼女の文章に「私がここにいる！」と感じた人は多かったと思います。

だから、それを書くのは、雨宮さんじゃなくても、ほかの人でもよかったはずなのです。でも、雨宮さんにしか、それは書けませんでした。

それこそ不遜なのですが、本当なら自分で考え、自分でしなくてはならないことを、雨宮さんに代わりにさせてしまったように、後ろめたく感じることがあります。

そして情けないことに、もうほとんど人生の終わりの方に近づいている年齢なのに、いまだに「こじらせている」自分に、たまに愕然としてしまいます。

年を重ねたからといって、残念ながら人の本質は変わらないのかもしれません。

雨宮さんを失った世界で、私はもうしばらく、こじらせたまま生きることを続けようと思います。

東京のプリンセス

山内マリコ（作家）

夜八時、帰りの電車に揺られていると友達からＬＩＮＥが入った。それは突然のあまりに悲しい知らせで、冷静にならなきゃと自分に言い聞かせながら、慌てて来た道を戻る。駆けつけたときには、連絡を受けた人たちがすでに何人も集まっていた。華やかでにぎやかな、東京で知り合った女性たち。みな神妙な表情だ。友人に促され、前へ進み出て、棺へ向かう。そっと中をのぞきこむと、彼女は静かに横たわっていた。

純白のドレスを着ていたからか、素晴らしい鼻梁のせいか、目を閉じたその姿はさながらディズニープリンセスで、姫を案じておろおろする我々は森の小人のよう。小人は七人どころか次々やって来た。我らのプリンセスに王子はいなかったが、友達はたくさんいた。わたしはプリンセスの、たくさんいる友達の一人だった。

よく誘ってもらった。渋谷のイタリアン、四谷のスナック、麻布十番の高級カラオケ、果ては銀座資生堂ビルのホールで行われた誕生日パーティー。家にこもって原稿書きに追われているわたしは、彼女が巻き起こす〝東京〟の竜巻に、時折くるくると気持ちよく巻き込まれ、お酒を飲んだりおしゃべりしたり笑ったりする時間を過ごした。出不精で人と会う約束を億劫がる性格だが、彼女からお声がかかればしっぽをふって出かけた。人を集めて楽しい会を催す才のある人だった。

だから実を言えば、わたしは彼女と、一対一で会ったことがない。昼間に差し向かいで話し込んだことはなく、わたしは彼女の半生や考え方を、彼女の書く文章によって知った。

一度、雑誌の撮影を終えたあと、二人きりになったことがある。駅まで一緒に歩き、電車に乗った。いざ二人になるとなにを話していいかわからず、こちらから、なぜか下着の話題をふった。「マリコフはここの下着が似合うと思う」と、彼女は親切に教えてくれた。電車の中での不器用な、下着の情報交換。それがわたしにとって唯一の、プリンセスをひとりじめした思い出だ。

ずっとあとになって彼女のエッセイに、実は話し下手で内気なところがあるという告白を見つけた。案外、似た者同士だったのかもしれない。

わたしが駆けつけたあの日の翌日、彼女は荼毘に付された。

そこには立ち会えなかった。新刊小説のインタビューの予定がみっちり組まれていた。呆然としながら取材を終えると、夜のタクシーで事情を知る編集者さんが「あのぅ、これ」と言って原稿を差し出した。それはおととい逝ってしまった我らの、東京のプリンセスが書いてくれた新刊の書評だった。

あれから五年が経ち、わたしは彼女が亡くなった年齢になった。その書評は文庫に再録させてもらい、小説は映画になった。もし映画を観たら、彼女はどんな感想を持ったろう。なにを語っただろう。東京の話だから、東京のプリンセスに、どう思ったか訊かなくては。

雨宮まみさん、わたしはあなたに、もう一度会いたい。

雨宮さんの言葉

穂村 弘（歌人）

数年前、文芸誌から「美しい日本語」という特集への執筆依頼があった。引き受けた後で、ちょっと困ってしまった。「美しい日本語」は無数にあるのかもしれない。でも、自分にはあまり関わりがないような気がしてきたのだ。その時、雨宮まみさんの或る言葉を思い出した。あの二行は光っていた。あれにしよう。私は本棚から一冊の本を抜いて、その頁を開いた。

東京の夜景の、ビルの上の赤く点滅する灯りが好きだ。
東京湾にそびえ立つ無数のクレーンが好きだ。
まばゆく光る夜景の中で、そこだけ真っ暗に沈み込む代々木公園や新宿御苑の森が好きだ。

街灯が十字架の形に光る青山墓地が好きだ。

生きている者の欲望のためにいくらでもだらしなく姿を変えてゆく、醜い街が好きだ。


ほかの街では、夢を見ることができない。ほかの街では、息をすることもできない。

そう思いながらも、ときどき東京にいることに息苦しさを感じて、どこかに行きたくてたまらなくなって、知らない街に行くとほっとする。矛盾している。

東京以外の場所にいると、自分が日常の輪郭を失い、何者でもない自由な人間であるような気持ちになる。

その感覚を求めて、さまざまな街を渡り歩きながら生きていったって、いいのだろう。

だけど、輪郭をすべて失ってしまうには、まだ早すぎるのだ。はっきりとした輪郭なんて、まだ持てていないのだから。

誰かに、今だというときに、なんの見返りも求めずに厚い封筒を差し出すことが、自分にはできるだろうか。そのような「何者か」に、私はまだ、なれていない。

もしかしたら、そういうことでもないのかもしれない。中途半端なまま、中途半端であることを、しっかりと味わうことを、今はしないといけないのかもしれない。

いや、しなければいけないことなど何もないことが、ただ、こわいだけなのかもしれない。

東京タワーのオレンジ色に私は祈る。
何を祈っているのかは、わからない。

『東京を生きる』(雨宮まみ)より

『東京を生きる』の冒頭に置かれた「はじめに」から、その終わりの部分を抜き出してみた。美しい、と思ったのは結びの二行である。これは、いったいどこから生まれた言葉なのだろう。

「はじめに」という文章には、福岡から上京してきた「私」の気持ちが綴られている。家族や親戚に反対される中、「なんの見返りも求めずに」五十万円入りの「厚い封筒」をくれたのは彼女の叔父である。


大学に通うには、奨学金を貰う必要があった。貰うためには、親の所得証明を提出しなければならなかった。

そのとき、初めて親の収入を知った。

自分は、なんということをしてしまったんだろうと思った。行かせたくないんじゃなくて、無理だったんだと、初めて知った。

「普通のこと」なんか、この世にはない。「普通で当たり前のこと」なんか、どこにもない。私が東京で「普通で当たり前のこと」をするために、親は、どんな犠牲を払ったのか。考えるのも恐ろしかった。

あんなに働いて、これだけしかもらえない、それが「普通で当たり前」なのだと、私は知らなかった。

初めて知った親の収入、帰省して感じた実家の狭さ、故郷への愛憎、そして東京への思い。自分の気持ちを確かめるように、文章は進められてゆく。だが、正直になろうとすればするほど心は言葉をすり抜けてゆく。

「でも」「矛盾している」「だけど」「もしかしたら、そういうことでもないのかもしれない」「いや」と、自らの前言に次々と疑問を投げかけながら、言葉は混乱して核心から遠ざかり、けれども、本当の心を書きたいという渇望だけは高まってゆく。

それが臨界点を超えたところで、思いがけない扉が開かれる。云い方を変えると、高まりすぎた心の圧が散文の枠を破壊して、言葉に無謀な飛躍をさせてしまう。

　東京タワーのオレンジ色に私は祈る。
　何を祈っているのかは、わからない。

神にではなく、我々の欲望が作り出したものに祈る。しかも、何を祈っているのかは、自分でもわからない。滅茶苦茶なのに、この二行は発光して見えた。論理も時間も超越して、一瞬で全てが伝わった。これは韻文の機能に近いように思う。

「はじめに」という文章の、いや、『東京を生きる』という本の全てが、この言葉のためにあるかのようだ。でも、ただこれだけがあっても、いきなり祈っても、たぶん駄目なのだろう。長歌に対する反歌、その最高のものをイメージした。

連載時のタイトルは「東京」だった。本当はその方が相応しいと思う。ただ、書籍化ということを考えると、改題せざるを得なかったのだろう。確かに、「東京」ではなんの本だかわからない。そして、「東京で生きる」や「東京に生きる」や「東京と生きる」ではあり得ないのだ。

私の中の雨宮さん

こだま（作家）

私は雨宮まみさんに一度もお会いしたことはない。どんな話し方をするのか、どんな声で笑うのかも知らない。もう何年も前になるけれど、映画のレビューの仕事でとある作品を観ていたらエンドロールに雨宮さんの名前があった。慌てて巻き戻し、何度も再生した。うっかり見過ごしてしまうような短いシーンに、彼女は確かに存在していた。動く雨宮さんを見たのはそれが最初で最後になる。

雨宮さんの訃報が流れると、ＳＮＳ上では雨宮さんとの個人的な交流をぽつりぽつりと語り、偲ぶ人たちが現れた。それは著名人に限らなかった。ああ、私のまわりにはこんなにも時間を共有した人たちがいたのだと、どこか打ちのめされるような筋違いな感情が湧いたのを覚えている。私は雨宮さんのことを多くは知らない。文章に触れるのも遅すぎた。

そう思い知らされ、雨宮さんが突然いなくなった悲しみと同時に、後悔と嫉妬が渦巻いてしまった。

初めて手にした雨宮さんの本は二〇一五年発売の『東京を生きる』だ。

その一年くらい前にツイッターでつながり、雨宮さんの日常を少しずつ知るようになった。身に纏うもの、食べるもの、出掛けた店。添付された写真はどれもおしゃれで、華やかで、眩しかった。家畜と堆肥のにおいが立ち込める北の山奥で暮らす私には眩しすぎた。背筋のぴんと伸びた、別世界を生きる大人の女性だと思った。

だから、尚更その本を読んで衝撃を受けた。私の目に映る雨宮さんは、そうなりたいと願い、何十年も踏ん張ってきた姿だったのだと。憧れと現実の狭間で、満たされない思いに手足を縛られ、もがく自分を笑い話になんかせずに書き切っていた。欲望と脆さ。強さと繊細さ。とても切実で、体温や血の流れを感じる文章だった。

私のデビュー作『夫のちんぽが入らない』が書籍化される半年ほど前、雨宮さんはこのような投稿をしてくださった。

「これ、ものすごい名文で、『なし水』に載ったのを読んだときは衝撃を受けました。このタイトルにしかならない内容で、ものすごい。この内容に対して変な心理分析とかするやつがいたら、ぶん殴ってやりたい。そんなことじゃないんだよって」

「一生に一度しか書けない文章っていうのがあって、これはまさにそれなんだけど、それを書いちゃったら終わりかっていうと、書いたら次も書ける。びびって書かない人は、ずっと書けない」

信じられなかった。わっと涙が噴き出した。

当時の私は本のタイトルや内容への批判はもちろん、これから書き手としてやっていけるのか不安でたまらなかった。見知らぬ人たちからいきなり飛んでくる強い言葉にびくびくしていた。一発屋でしょ、すぐ消えるよ、とも言われ、そうかもしれないとすっかり弱気になっていた。そうやって心のバランスを崩し、波に飲み込まれていた私を、浜辺まで引き上げてくれたのが雨宮さんだった。

わからないこともあった。「次も書ける」ってどういうことだろう。本当だろうか。かえってプレッシャーにならないだろうか。もうすべて出し切って、へとへとになっていた私に次があるとはなかなか思えなかった。

だけど、雨宮さんがそう言ってくれたから信じた。雨宮さんにもそう思えるきっかけがあったに違いない。それほど確信を持った一言だった。

もう書けない。何も思い浮かばない。素晴らしい感性を持つ書き手がどんどん現れる。置いていかれたような気持ちになる。そんな深く深く沈んだ夜に、雨宮さんの言葉を思い出す。細々とでも何かを書いていられる限り、私は大丈夫なのだと言い聞かせる。

御守りになっている、なんて陳腐な表現になってしまうけれど、ずっと私の心の中で、受け取った日のままのかたちで雨宮さんの言葉が生きている。

私はこんなに強く誰かの背中を押せるだろうか。

他人には胸を張って「あなたは大丈夫」と言えるのに、自分のこととなると迷い、弱気になっている。私の中に残る雨宮まみさんは、そんな強くて繊細な人です。

拝啓、雨宮まみ様

ペヤンヌマキ（劇作家・演出家）

40歳がきて7年が経った。雨宮さん、あなたがいなくなって7年が経った。

あなたと私は同い年で、出身地も同じ九州で二人とも長女、上京した年も同じで、初めて就職した場所も同じアダルト業界、それからフリーで活動するようになったタイミングも同じくらいで、共通点がたくさんあって、出会った時からシンパシーを感じていた。あなたと初めて会ったのは新宿のカラオケパセラ。私が初めて作った舞台を観たあなたが、とあるミニコミ誌の対談に私を呼んでくれた。初対面なのにあけすけにいろんなことを話した。その記事はわけあってお蔵入りになったけれど、あの時あなたと出会えたことにとても感謝している。それからあなたは私の舞台を必ず観に来てくれて、豊かな言葉で感想を綴ってくれた。あなたは自分が好きなものや好きな人のことを書く時の熱量がもの凄くて、私が作ったものをあなたが好きでいてくれる、そのことが作品を作るうえでどれだけ励みになったことか。だからそんな作品を作り続けなければという緊張感も常にあった。
２０１３年からお悩み相談の連載を二人でやることになり、私たちは毎月1回、ファミレスで会った。あなたはどんな悩みにもそっと寄り添いながら一緒に解決法を探ってくれるので、月に一度あなたに会って悩みについて語り合えるのがとても心強かった。お互い悩みは尽きなかった。私も、たぶんあなたも、40歳がくるのを恐れていた。生きていると様々な理不尽と対峙しなければならなくて、あなたはいろんなものと勇敢に闘っていた。戦闘能力の低い私はそんなあなたに憧れていた。私も強くなろうと努力した。あなたとは、この生きづらい世界で共に闘い、お互いを讃えあい、生きていく戦友だと思っていた。

7年前、あなたが突然いなくなってしまった時、失恋したような気持ちになった。私はあなたがいれば、これから先どんな辛いことがあっても生きていけると思っていた。あなたの言葉が私の支えだった。あなたと一緒に歳を取っていくことが楽しみだった。そう思っていたのは私だけだったの？　あなたのことを愛している人はたくさんいてそれはあなたの魅力によるもので誇らしいことなのだけれど、あなたを愛した人たちから聞くあなたの話には私が知らないあなたがいて、嫉妬のような感情が芽生えた。雨宮さん、あなたはとてもとても優しく、私が求める言葉をいつも与えてくれて、夢中にさせるだけさせて、ある日突然いなくなった。プレイボーイみたいじゃないか。突然捨てられた私はどうしたらいいんだ。怒りが湧いた。いったいなんなんだこの感情は。結局私はあなたに求めてばかりで、あなたのことを何もわかっていなかったのかもしれない。あなたのことを理解したくて、あなたが書いた文章を片っ端から読み返した。だけど答えは見つからなかった。あなたのことを考えるのが辛くなって、蓋をした。だけどあなたのことは様々な場面で思い出した。

今、あなたと毎月会っていた南阿佐ヶ谷のデニーズでこの文章を書いている。隣の席では中年女性二人組が同窓会に行った時の話で盛り上がっている。たぶん私たちと同世代だ。「あの男は私の人生史に名を刻む男だよね」「うけるー」

私もあなたとこんな会話をずっとしていたかった。こんな会話を毎月しながら一緒に歳を取っていきたかった。

あなたがいなくなった世界で、私はなんとか生きています。あんなに恐れていた40代ももう後半。常に体の節々が痛くて目がしょぼしょぼしてる。ヒールがある靴は全く履かなくなったし、ワイヤー入りのブラも着けなくなったし、着心地のいい服しか買わなくなった。出産のタイムリミットを気にすることもなくなったし、結婚したいとも思わなくなったし、性欲も随分と薄れてきた。あなただったらどんな40代を生きただろう。ヒールは履いてそうだな。あなたに会いたい。会っていろんな話がしたい。

すぐそこに50歳が迫ってきている今、あなたが書いたものを読む。本を開けばあなたの言葉に会うことができる。雨宮さん、あなたはここにいる。

雨宮さんが私を見つけてくれた。

里村明衣子（センダイガールズプロレスリング代表取締役）

２０１５年７月12日。

雨宮さんは私のデビュー20周年記念大会開催地である新潟市体育館まで応援にきてくれました。そして試合後に私のコスチュームに似合う真っ赤な口紅をくれました。

あれから８年。

いまはとっくに使い切っていますが、ずっと化粧ポーチの中に入れて一緒に旅しています。

雨宮さんが女子プロレスにハマったきっかけは、当時、他団体の後楽園ホールでの試合に招待されて観戦に来たとき。たまたまそこに参戦していた私の試合を見て、衝撃を受けたとブログで書いてくれたのを拝見しました。

当時、私は2011年東日本大震災を機に会社（センダイガールズプロレスリング）を立ち上げたばかりで、団体の運営資金もなく、スタッフも雇えず、雇えない分、自分がすべてを兼務するしかなく、雑用とマネージメントと会社運営と大会運営、選手育成、自分の試合出場の、すべてを兼任していました。

お金がないことですべてが負のループに陥り、それでももがいている状態で「いつか見とけよ！」という怒りと「絶対夢を叶える」という希望が常に身体に宿っていました。

試合でもそのエネルギーが出ていたのだと思います。もしかしたらその怒りのエネルギーを雨宮さんはいち早くキャッチしてくれたのかもしれません。

その頃は面識はありませんでしたが、雨宮さんに初めて試合を見てもらってから半年後、共通の知り合いだった柳澤健さんが銀座のレストランで引き合わせてくれました。私から見た雨宮さんの第一印象は「清楚・礼儀正しい・綺麗」でした。

その後、雨宮さんは仙女《せんじょ》（センダイガールズプロレスリングの呼び名）の試合となると、とってもオシャレな洋服を着て、たくさんの方を一緒に連れてきてくれました。ありったけの人脈を駆使して、雨宮さんは私と、私の団体を有名にしようとしてくれていました。

そして最前列に座って、いつも楽しそうに応援してくれました。

そして、私のことを、仙女のことを、世に広めようと必死に動いてくれました。

当時売り出し中だった仙女の選手を民放のバラエティ番組『久保みねヒャダ　こじらせナイト』（フジテレビ系列）に出していただいたこともあったし、雨宮さんのSNSやブログでも「里村明衣子」と「仙女」をたくさん紹介してくれました。

そして「里村さんの本を出したいです！　もう出版社の方に話をしてOKをいただきました」とご提案もいただきました。

雨宮さんが本を書かれて30代、40代のたくさんの方に支持されていることはすでに知っていましたが、とにかく行動が早い。こんなに有言実行の方いるの？　と私が怯んでしまうほどでした。


2015年、雨宮さんは本のために、私にインタビューを二回程してくれました。

雨宮さんからの質問「里村さんは最終的にどうなりたいですか?」に、私は「まずは後輩たちを育てて、〝橋本千紘《ちひろ》〟や〝カサンドラ〟をスター選手にする」というような答えをしました。その時、雨宮さんは強い眼差しで「里村さん自身は有名になりたくないのですか?」と言いました。

雨宮さんに本心を突かれたと思いました。時が止まったように、しばらく答えられなかった自分がいたのです。私が心の奥底では自分自身がプロレスラーとしてさらに羽ばたきたいと願っていたことを、雨宮さんはわかっていたのだと思います。

でも当時の私は、自分の本心はどうであれ、後世に継ぐスーパースターを育てなければ仙女の未来がないと、それしか考えていませんでした。

もう一つ後悔していることがあります。

雨宮さんは私のプライベート（男性関係）のことを聞きたかったらしく、インタビューの中で「今まで男性経験はあるのですか？」と聞かれ、当然あったので、根掘り葉掘り聞かれて色々話しているうちに、「男ってずるいじゃないですか？」と私の本音がポロリと出たことがありました。

「それってどういうことですか？」と雨宮さんに掘り返された時、私は答えられなかったのです。

私は自分の転機のハイライトだった出来事（一番興味深い事案）を隠して話せなかった。おそらく雨宮さんが一番聴き出したかったことを濁してしまったのです。

二人とも歯切れが悪いままその日を終えて、解散しました。

それからしばらく、インタビューはないまま時がたってしまいました。

雨宮さんも私が本音で話をしなかったことで「このままでは書けない」と思ってしまったと思います。本の執筆が止まってしまいました。


その一年後、雨宮さんは亡くなってしまいました。


私は43歳になりました。

40歳を超えた今、『東京を生きる』他、雨宮さんの本を読み返して共感することばかりです。

現在40代の女、独身、会社の代表取締役で仕事一筋。歳を重ねるほど孤独を好み、それなりの不安も悩みも抱えています。いかに不安やネガティブな思考を転換して割り切るかで、自分なりの40代を堪能しています。20代、30代にはなかった悩みも感情も出てきています。30代のうちに雨宮さんの本に出会っていてよかったです。この感情、「キタキター」という感じです。

私のことを世の中に出そうとさまざまに動いてくださったこと。

当たり前ではなかった。

そのことがよくわかるから、私なりに雨宮さんに恥じない生き方をしようとここまでやってきました。

インタビューの日に感じた自分の足りない所（本音で伝える）は、自分の中でテーマとなり、今やっとそれができるようになって、少しずつ人生が開けてきたように感じます。

私は私の思う美学を貫きたい。

今は目指している夢も想いも本音で伝えるように心がけています。

２０１９年、私は念願だった世界一のメジャー団体・アメリカの「ＷＷＥ」と契約しました。

コロナ禍の２０２１年には、ロンドンに拠点を置いてプロレスラー兼コーチとして活動し始めました。

仙女は後輩が頭となって里村不在でも人気女子プロレス団体としてその地位を確立しました。

雨宮さんと出会った当時、目標だったことです。

本当なら、雨宮さんに今の自分を見ていただきたかった。

その後、雨宮さんの想いを出版社の方やお友達が形にしてくださいました。

当時の編集担当の方が、「雨宮さんは里村さんの本を出そうと途中まで執筆されていました。里村さん、本を出しましょう」と話を持ちかけてくださったのです。

それが2017年11月にミシマ社編集でインプレスから出させていただいた、『「かっこいい」の鍛え方～女子プロレスラー里村の報われない22年の日々』という本です。ここには、雨宮さんの真剣な問いに答えようと向き合った私が詰まっています。

2023年の今だったら「報われた28年の日々」というタイトルで出せますが、当時はまだまだ報われないことだらけでした。

雨宮さんがたくさんのご縁を作ってくださったことに、本当に感謝しています。

ずっと大切にしていきます。

雨宮さん、私を見つけてくれて、ありがとうございました。

書くことの厳しさ

吉田 豪（ライター）

ライターの雨宮まみさんが亡くなった。

彼女の文章が好きで本もずっと買っていて、対談したりトークイベントに来てくれたりの交流もあって、だけど深い話はしたことがないぐらいの微妙な関係だったが、信用のできる書き手だと、ボクはずっと思っていた。

感受性の高そうないい文章を書くけれど、その感受性の高さゆえにとにかく生きづらそうで、でもその危うさをちゃんと文章化できる人だった。ここ最近の彼女は筆が乗りまくっていて、どんなテーマの原稿でも確実に面白くできているぐらいに思っていた。

彼女が大和書房のウェブサイトで始めた連載、「40歳がくる！」は、初回から「四十歳になったら死のうと思っている」という桐野夏生『ダーク』の引用で始まり、ある回では

40歳を直前にして精神的にはひどい状態になっているけれど、文章は「死ぬほど書ける。もう書けないものはないぐらいに思う日もある。実際は、そこまで書けるわけじゃないんだけど、書けるよ。普通のときよりも」と告白したりもしていた。

しかし、そうやって「心を道具に仕事をする」ことについての危険性を、AV監督のタートル今田氏に「ネタにさ、命賭けちゃダメだよ」「いくら面白いものが作れるかもしれなくても、命取られるとこまで追っちゃ、だめだよ。追いたくなるけど、この年になって思うのは、やっぱ命取られるようなとこまで行っちゃったらダメだなってことだよ」と注意されたとも書いていた。

筆が乗りまくっていたのは、つまりそういう状態だったってことなんだと思う。

彼女は自分の身体を切り刻んで原稿を書いているようにボクには見えた。ボクはそっちの土俵では戦わず、書評とインタビューという違う世界で戦う道を選んだ。自分の身体を切り刻むような類のリスクではなく、違うリスクを背負ってみようと考えたためだ。

書評で叩いた相手に脅されたりするのもそうだろうし、カウンセリング的なインタビューも多いから、精神科医が精神的に病みやすいのと同じで、ボクもいつかそっちに引き込まれるんじゃないかと言われるのもそうだろう。

ついさっきも、運営サイドに人間性を否定され、完全に精神崩壊してステージで号泣していたアイドルの子をカウンセリングするようなイベントをやってきたところなんだが、なんでボクがそんなことばかりやっているのかというと、自分なりの後悔があるためだ。

高校一年のときボクが最初に本格的にハマったアイドルである岡田有希子が飛び降り自殺をして、ボクはしばらくアイドルの世界から離れた。

そして、徐々にリハビリをして、久しぶりにハマったのが「みるく」というアイドルグループで、中でも好きだったのがサブカル的な趣味の持ち主としても知られた堀口綾子だった。

彼女は、ボクがこの仕事を始めたばかりのとき、自宅で首を吊って死んだ。

岡田有希子のときはさすがに子供だったので何もできなかったけれど、堀口綾子に対しては、何かできることがあったんじゃないか。もう少しボクが、その時点で知名度があってアイドル仕事とかをしていたなら、ファンが高じて彼女のインタビューとかもしていただろうし、もしかしたら彼女が死なないでも済むような状態を作れたんじゃないのか？

自分にも何かできることがあるんじゃないか、そんな思いで、元アイドルの人たちが精神的に病んだとき、どうやってそこから抜け出したのかを裏テーマにした『元アイドル！』というインタビュー集を出し、スキャンダル直後の加護亜依とか、精神的に壊れそうな人たちに、それをプレゼントするという活動もしてきた。

ボクが存在することで本来なら死んでいた側の人が死なずにいられるようになればいいなと思っているし、ボクよりも広く人を救う力のある文章を書いていた雨宮さんがここでいなくなっちゃうのはちょっとないよなーとも思う。

とにかくお疲れ様でした。後は任せて下さいとはとても言えないですけど、こっちはこっちで自分なりの戦いは続けていきます。

雨宮まみと「女子」をめぐって

住本麻子（ライター）

以下の文章は、『中央公論』（２０２２年８月号）に掲載された論考である。雨宮さんとか、まみさん、とはここでは呼ばない。わたしは雨宮まみと面識はなく、雨宮まみはわたしを知らない。わたしはただの一読者だった。

ただ、多くの読者と同じように、友人たちと雨宮まみの話をした。わたしたちは親しみをこめて、雨宮さんとか、まみさん、と呼んだ。わたしたちは雨宮まみを知っていたし、雨宮まみのほうこそ、わたしたちのことをよく知っているような気がしていた。そうでなければあんな文章が書けるはずはない。だからこそ雨宮まみが亡くなったと知ったとき、わたしたちは自分自身の一部を失ったような喪失感を覚えたのだ。

『女子をこじらせて』はもう古くなったね、と友人が言ったのは、雨宮まみが亡くなってから数年が経った頃だった。それは決して否定的なニュアンスではなかった。フェミニズムが盛り上がり、あらゆる常識が少しずつ変わっていった、その成果を指して友人は言ったのである。意図を理解しつつも、わたしには「古くなった」という言葉がどうしても引っかかってしまった。こんなふうにして、雨宮まみは忘れられていくのだろうか、と。わたしには忘れられなかった。彼女をはじめとするさまざまな「女子」文化を通してフェミニズムに触れ、社会のほうも変わっていった、そんないまだからこそ、彼女の書いたものの歴史的・時代的意義は年々深まっていき、問いかけたものの重要性はますます強くなっているように思われたからだ。この論考はそのような思いから書かれた。初出の『中央公論』では雨宮まみを知らない人にも読めるよう、フェミニズムの概観から入って、フェミニズムの流れのなかで雨宮まみがいかに重要な人物か追うような論旨になっている。長年の読者にはまどろっこしいかもしれないが、最後までお読みいただけるとうれしい。

＊

バックラッシュの後で

フェミニズムの潮流は第一波、第二波と数えられる。それは歴史上フェミニズムが何度も盛り上がりをみせたことを示すと同時に、退潮した時期もあったということだ。フェミニズムが波のように押し寄せては引いていくのだとしたら、現在のこの波はどこから来たのだろうか。

現在のフェミニズムの潮流は、第四波フェミニズムと呼ばれている。北村紗衣「波を読む――第四波フェミニズムと大衆文化」（『現代思想』2020年3月臨時増刊号「フェミニズムの現在」）によれば、第一波は19世紀から20世紀にかけて起こった女性参政権を求める世界各地での動きを、第二波は1960〜80年代に起こったウーマン・リブと呼ばれる運動を中心に、そして第三波は1990〜2000年代の文化運動寄りのフェミニズムの流行を示している。

そして第四波は、2010年以降にはじまり、いまも続いている #MeToo 運動などを中心としたフェミニズム運動や思想的流れの呼称として定着しつつある。

第四波を第三波が徐々に変化したものととらえる向きもある。ただ、日本において第三波と第四波を区別しなければいけないとすれば、それは2000年代半ばにバックラッシュ（反動）による断絶があったからだろう。山口智美・斉藤正美・荻上チキ『社会運動の戸惑い――フェミニズムの「失われた時代」と草の根保守運動』（勁草書房、2012年）によれば、1999年に施行された男女共同参画社会基本法にともなって自治体で推進条例が制定される際、全国各地で保守派による反対運動が展開された。そうした動きにより、2002年から05年にかけて、フェミニズム批判はピークを迎える。田中東子は菊地夏野、河野真太郎との鼎談「分断と対峙し、連帯を模索する――日本のフェミニズムとネオリベラリズム」(前掲『現代思想』)のなかで、2000年代は出版業界でもフェミニズムの企画がなかなか通らない、マスメディアも報道しないという状況だったと発言している。

田中はまた、同誌掲載の論考「感じのいいフェミニズム?――ポピュラーなものをめぐる、わたしたちの両義性」で次のように論じる。「ここ数年、非常に多く出版されるようになった、「女子のホンネ」的な語り口によるエッセイやコミックエッセイ、そしてSNSやブログによるオンライン上の言説空間においてフェミニズムをポピュラーなものにしようとする文化表現は意欲的に展開されている。ポピュラー文化領域での密やかなフェミニズムはバックラッシュ期をサバイブするひとつの迂回路であったとも考えられる」。2000年代の空白期間を経て、フェミニズムの蓄積が若い世代に継承されにくくなった2010年代の日本において、女性たちを励ましたのは、女性向けのエッセイや漫画だったのだ。

その頃はリーマン・ショックにより国内でも経済状況が悪化した時期である。バックラッシュと不況により、理論的にも経済的にも「貧しい」状況のなかで、「フェミニズム」の名を冠したアカデミックな理論書に代わって、エッセイや漫画という手に取りやすいジャンルが果たした役割は大きい。

そもそもエッセイというジャンルは、歴史的にみてもフェミニズムとの親和性が高い。エッセイは階級を超えて広く読まれうるジャンルだからである。ヴァージニア・ウルフの『自分ひとりの部屋』（1929年）やボーヴォワールの『第二の性』（1949年）などのフェミニズムにおける歴史的名著も、ある種のエッセイとして書かれた。そのエッセイというジャンルで、2010年代に先陣を切ったのが、雨宮まみである。

雨宮まみと「セックスをこじらせて」

雨宮まみは1976年生まれ、福岡県出身のライターだ。出版社勤務を経て、AVのレビューやAV女優のインタビューなどを中心に活動するAVライターとなる。それまでの半生を自伝的に綴った『女子をこじらせて』（ポット出版、2011年）で書籍デビュー。反響を呼び、「こじらせ女子」というワードが新語・流行語大賞にノミネートされるほどとなった。その後も峰なゆかや能町みね子らとの対談集『だって、女子だもん‼』（ポット出版、2012年）や、『女の子よ銃を取れ』（平凡社、2014年）など、「女子」の自意識をめぐる文章を発表し続けた。その他、地方出身者の東京への思いを綴った『東京を生きる』（大和書房、２０１５年）や、悩み相談では容易に解消できない読者の「愚痴」に対して寄り添い答える『まじめに生きるって損ですか？』（ポット出版、２０１６年）などの著作もある。２０１６年11月、40歳で急逝した。

『女子をこじらせて』は確かに「女子」の自意識をめぐる話だが、性をテーマとした話でもあることが重要だ。そもそもウェブ連載当時のタイトルは「セックスをこじらせて」であった。幼少期のオナニーにまでさかのぼり、大学受験のために上京し宿泊したホテルで観たＡＶに衝撃を受けたのち、エロ本出版社勤務を経てライターとなるまでが綴られている。彼女のセックスに対する思いはストレートではなく、複雑だ。モテとは無縁だった大学時代を雨宮は次のように振り返る。

「一日８回オナニーしては、虚しさに泣きました。自分はこのまま誰にも触れられずに死んでいくんだと思うと、悲しかった。けど勇気を出すことなんてできなかった。自分には恋愛とか、そういうことは許されていない、そういうことを話題にすることすら気持ち悪い人間なんだと思っていました。そんなに性欲が強かったのに、セックスするなんて考えられなかった」。

恋愛をし、セックスをするようになっても、このコンプレックスの入り交じったセックスへの欲望は変わらないどころか、さらに複雑さを増していく。雨宮はAVライターとなってから、AV監督とばかり付き合うようになる。その理由は、AV女優を数多く見てきたAV監督に選ばれたい、という思いからだった。雨宮にとってAV女優とは、多くの男性たちの欲望の対象となる、あこがれの存在なのである。そこには「AVのことなんか女にはわからない」と揶揄された悔しさを、AV監督と付き合うことで払拭したいという気持ちもあったと雨宮自身分析している。

「女にはわからない」——そう決めつけられたかと思えば、実力を認められはじめると今度は「女の視点が面白い」と言われ、果ては「美人ライター」として持ち上げられる。「女」を都合よく使いわけられる状況に雨宮は疲弊していった。しかし、自身のブログが女性読者の共感を得ていたことを知り、「女」が単なる苦しみの元であるだけではなく、共感や連帯にもつながるという実感を得、「女」である苦しさから少しずつ解放されていく。このように雨宮まみのセックス——性交渉であり、性別でもある——に対する思いは何重にも複雑に「こじれ」ていた。それなのに、連載時には「セックスをこじらせて」だったタイトルが書籍化にあたり「女子をこじらせて」になったことの意味は存外大きい。もちろん、「女子をこじらせて」という言葉は連載当初から章タイトルにもなっており、的外れなタイトルではない。むしろ「セックス」が「女子」へと変更されたことで、想定読者が女性に絞られ、さらにその読者にとって受け入れやすいかたちになっただろう。しかし「セックス」という言葉が持っていた生々しさは脱色される。さらにこの「女子をこじらせて」という言葉が「こじらせ女子」という流行語となり、流通する過程で、「セックスをこじらせて」という言葉が意味していたもの、問うていたものはこぼれ落ちていく。

「女子」のフェミニズム

やがて「こじらせ女子」のイメージは、自分の「女らしさ」に自信がなく、ファッションやメイクを忌避する劣等感の強い女性を指す言葉として定着してしまう。そして「こじらせ」は「治す」べきものとして処理されていく。文庫版のあとがきでは同書の出版以降、「どうしたらこじらせを治すことができますか？」という質問を多く受けたと記されている。

そもそも「女子」という言葉にはどんな意味合いがあるのか。上野千鶴子は『女子をこじらせて』文庫版の解説で、「「女子」を「女子」「男子」と対等に呼び合っていた共学時代の残響のする」呼称だとしている。改正男女雇用機会均等法によって、建前上、性別による差別はなくなったとされていても、「一般職／総合職」という区分が残り、男女の賃金格差は解消されず、セクシュアル・ハラスメントがいまだ絶えない状況がある以上、労働市場にくらべれば学校環境では、かりそめにもまだ男女平等が達成されているということだろう。「女」でもなく「女性」でもない「女子」という呼称は、そのような男女平等の理想に近いと考えられる。

しかし現実には、「女子」という言葉は「女子力」という言葉と近接している。米澤泉『「女子」の誕生』（勁草書房、2014年）によれば、「女子力」とは安野モヨコの『美人画報ハイパー』（講談社、2001年）で使われたのが最初で、2007年版の『現代用語の基礎知識』（自由国民社）に登場するなど、徐々に一般に浸透してきた言葉だ。『日本のポストフェミニズム――「女子力」とネオリベラリズム』（大月書店、2019年）を上梓した菊地夏野は、「女子力」とは家事能力および服装やメイクなどの外見に加え、コミュニケーション能力といった内面にまでおよぶ能力を示す言葉であり、「能力主義的・主体的な新しい要素と、古典的なヘテロセクシュアルな要素の両面をもつジェンダー規範」そのものだと定義している。そして、その「女子力」はネオリベラリズムを駆動させる原動力となるのだ。「こじらせ女子」は「女子力」の低い女子としてネオリベラリズムの力学のなかで消費され、やがて「治す」べきものとして駆逐される対象となったのである。雨宮自身、そのように「こじらせ女子」という名称が変化しながら流通していく様子には抵抗感を示していた。

一方で、性から出発した雨宮の書くものは、「女子」という言葉を経由して獲得した読者へ向けた、消費文化をテーマとするものへと移行していく。購入した家具やインテリアに対する愛着を綴った『自信のない部屋へようこそ』（ワニブックス、2015年）をはじめ、宝塚歌劇への愛を語った『タカラヅカ・ハンドブック』（はるな檸檬との共著、新潮社、2014年）、ブログ「amazonでなにが買えますか？」など、かつて性に対して向けていた欲望を消費へと転換していった。またその欲望はもはや矛盾を抱えた「こじれ」ではなく、ストレートに肯定されるべきものとして書かれ、消費者としての「女子」をエンパワメントしていく。もはやこじらせていない「女子」として、ネオリベラリズムや資本主義と結びついていく。

このようにネオリベラリズムや資本主義の力によって雨宮まみの書くものは変質していきながらも、彼女を通してフェミニズムを知り、接近した読者は多い。昨年、雨宮まみの読者たちが思い出を語り合う同人誌『雨宮まみさんと、私たち。』（鈴木紗耶香編、2021年）が刊行されたが、そこでは彼女がフェミニズムの文脈とともに語られている。「まみさんはいわゆる〝フェミニズム〟〝フェミニスト〟と表立って語ってはいなかったが、書かれている内容はどう考えてもフェミニズムに通じるものだった」など、雨宮まみを通してフェミニズムに触れたという声は多い。

またいくつかの読者のインタビューのなかで「ルッキズム」「ミソジニー」といったフェミニズムに関する用語が出ている。雨宮まみが直接のきっかけではないかもしれないが、その読者が現在のフェミニズムと近しいところにいるのは間違いない。

「女子」の末裔として

雨宮まみは、ネオリベラリズムの力を受けながら、フェミニズムの土壌をつくっていった。それは第四波フェミニズムとも結びついていく。第四波フェミニズムは、セクハラやパワハラを告発する #MeToo 運動に代表されるが、SNSによって拡がった #MeToo 運動にとって、文字通り「私も」という共感を得ることは不可欠だった。しかし、そのような流れのなかで女性たちの自分語りのハードルは低くなった一方で、女性としての自分の経験を重視するあまり、TERF（Trans-Exclusionary Radical Feminist）と呼ばれるトランス排除、トランス差別をするような人々が登場するなど、整理がつかない状況になっているように思える。また第四波フェミニズムが隆盛するなかで、ネオリベラリズムに対する批判も出はじめ、いわゆる「女子」文化を批判する声も出てきている。第四波フェミニズムの起点となりながら、第四波フェミニズムに批判される「女子」文化をどうとらえるべきなのか。

ここまで、雨宮まみが歴史的にどのような文脈で登場し、受容されていったかを書いてきた。しかし彼女と同時代を生き、その新刊を心待ちにし、サイン会やトークショーにも足を運んだわたしの主観が多分に影響していることは断っておきたい。だからこの文章は同時代レビュー、もっといえば証言に近いものとして扱われることを願う。

すでに触れた2010年代の理論的・経済的な「貧しさ」とは、その時代に20代を過ごした他ならぬわたしの肌感覚であり、雨宮まみの著作をはじめとする「女子」文化にどれだけ励まされ、それが心強かったかわからない。わたしは雨宮まみと同じ福岡県出身で、たとえ学問的な根拠がなくとも、「九州の長女は、父親を倒さないと外の世界に出られない」（ウェブ連載「40歳がくる！」より）という彼女の言葉に自分を重ねて、自らのフェミニズム的な根源を確かめていったように思う。その「外の世界」の象徴である「東京」を描いた『東京を生きる』の帯文に、穂村弘は「「東京」に発情している。」との言葉を寄せたが、私はまさにと思った。雨宮まみは性を消費文化に変えて「発情」していったのだが、わたし自身、20歳で福岡から上京してきて以降も、なぜか東京へのあこがれが少しも衰えないのだ。資本主義に対して批判の目を向けるようになってからも、この欲動についてはうまく否定しきれない。

先に述べた通り、『女子をこじらせて』が刊行された2011年は、まだまだ2000年代のバックラッシュの余波が残る頃である。女性向けエッセイはあっても、女性たちをフェミニズム的な文脈に近いところで励ますような類書はほとんどなかった。現在では翻訳書も含めて多くのフェミニズム・エッセイが刊行されているが、そのような状況とはまったく異なり、読者の共感が約束されていたわけではなかった。雨宮まみはそういう状況のなかで、いつも人より一歩先を行っていた。

そもそも雨宮の吐露する感情や思考は、フェミニズムの観点から考えてもきわどいものだった。AV女優にあこがれを抱くなどのAVに対する思いについて、雨宮自身、「男の目線を内面化していた」と冷静に分析している。上野千鶴子は前述の「解説」で、「欲望とは他者の欲望である」というラカンの言葉に触れている。確かに雨宮のAVに対する欲望は、男性という他者の模倣であっただろう。しかし、それを言語化し発表するというのは誰かの模倣ではなかった。『雨宮まみさんと、私たち。』でも読者の一人が形容していたが、雨宮まみは「精神的ストリップ」ともいうべきありようで、他の人が一人ひとりの心の内に秘めていた欲望を、先人のいないなかで次々に曝け出していった。

また「一歩先」というのは、いつも読者の欲望を先読みして肯定していくことばかりではなかった。『まじめに生きるって損ですか?』では、まず読者の投稿する愚痴の読解から始める。悩み相談などの書き物によく見られる、性急な解決策の提示を雨宮は行わない。「文章がお上手ですね。普通、こういう微妙な心の機微って、なかなかうまく言葉にできないものなんですよ」というように、読者の分析力、読解力に言及する。そして投稿から読み取れる事柄を一つひとつ整理しながら、読者が何に葛藤を感じているのか徐々に焦点を絞っていくのだ。ときには読者の愚痴を冷たく突き放しもするが、それは冷静に分析してのことであり、説得力のある書き方になっている。

一読者であるわたしは、『女子をこじらせて』の「精神的ストリップ」的勇気とともに、書く対象である自分自身との距離の取り方を教えられた。『まじめに生きるって損ですか?』では、雨宮がAVライターという自身の出自を振り返る箇所がある。

「私はAVのよさを広く伝えたいと思っていたし、それが自分の役目だと勝手に思っていました。(中略)たかがAVにおおげさだと思うでしょう?間抜けですよね。でも私には大事なことだったんです。(中略)AVについて、今も整理できていない部分があります。ただひとつ言えることは、そんな出来事がなければ、私は自分の人生を、他人にどう思われるかではなく、自分がどう感じるかを主体にして捉え直すことはできなかっただろうということです」

現在の立場から雨宮まみの書いたものや彼女が牽引してきた「女子」文化について批判することは可能だし、むしろ必要だろう。しかしその際に雨宮まみを現在と切断し、既に過去のものとして扱うべきではないはずだ。「女子」を経由せずに「女子」を批判できるようなフェミニズム的な土壌が、果たしてつくりえたかどうか。そのことを含めて検討する必要がある。その際にデビュー著書のタイトルにある「女子」が元々「セックス」であったことは一考すべき事柄だろう。わたし自身は「女子」を経由する以前に戻ることはできない。もしもネオリベラリズムや資本主義を経由せずにフェミニズムが発展しうるとしたら、どのような形態がありうるのか。雨宮まみの著作およびその変遷が問いかけている。わたしは、雨宮まみの著作を少しも古びないものとしていまも読み続けている。

2016年11月の日記より

松本亀吉（ライター）

11月16日

深夜にカンパニー松尾さんからメール。「雨宮さんが亡くなった」という文面に目を疑う。

11月17日

朝から新幹線で東京へ。品川で薬子さん、新宿で豊田道倫、幡ヶ谷でヨシノビズムと合流。葬儀はしないとのことで、火葬される斎場へ向かう。雨宮まみさんのお別れ会。

自室で亡くなっていた雨宮さんを発見した恋人は、私が二十年近くお世話になっている大好きな親友のKさんだ。

眠る雨宮さんの顔は美しい。
Kさんがよじ登るようにして棺の中に身を乗り出し、雨宮さんにキスをした。
みんな泣いていた。

雨宮さんに初めて会ったのは豊田道倫のライブ会場で、彼に「この人はバニーガールなんだよ」と紹介された。もらった名刺は「Writer」という肩書で「雨宮まみ」というペンネームと本名が併記されていた。バニーガールに知り合いはいなかったので興奮していると「私、亀吉さんみたいなライターになりたいんです」と言われてさらに興奮した。

すでにAVライターとして活動していた彼女からコピー綴じの原稿を渡されたのは2006年。高い筆圧で生い立ちを綴った自伝のような原稿は分厚い大作で「これを書籍化してくれる出版社を探している」と話してくれた。

確かに、私がかつて雑誌に書き散らかしていた「何について書いても結局自分語りになる」という芸風に近い気がして、すっかり雨宮さんのことを気に入ってしまい、彼女に思う存分自分語りをしてほしくて、主宰していたミニコミ「溺死ジャーナル」に参加してもらうことにした。

「溺死ジャーナル」に掲載された彼女の原稿や対談記事はどれも濃密で面白くて、特に

「ＡＶライター失格」は永遠。あと「２０１０」の海外紀行２本も貴重。

「ＡＶライター失格」（溺死ジャーナル５００／２００７年）
「そこに愛はあるか」（溺死ジャーナル５００／２００７年、ミック博士との対談）
「私の頭の中の欲望」（溺死ジャーナル５０１／２００８年）
「almost paradise」（溺死ジャーナル２０１０／２０１０年）
「夢のパリ、現実のパリ。」（溺死ジャーナル２０１０／２０１０年）
「プロレスは死にそうだがＡＶはどうだい」（溺死ジャーナル５０３／２０１１年、ミック博士との対談）
『『相棒』シリーズ全話レビュー」（溺死ジャーナル５０３／２０１１年）
「以下は約９ヶ月間の、私が宝塚に惚れていった記録である。」（溺死ジャーナル・コンフィデンシャル／２０１３年）

イベントも何度かご一緒したが、最も印象に残っているのは２００９年1月。「『ＤＪ雨宮まみ』という字面に魅力を感じるのです」とオファーすると「亀吉さんは私を持ち上げるのうまいですね」と快諾してくれて、名古屋まで来て、初めてのＤＪプレイを見せてくれた。

以前もらった分厚いコピー綴じの原稿は追記と推敲を重ねて、２０１１年に「女子をこじらせて」というタイトルで出版された。

六本木でシンガポールチキンライスを食べて、ヒルズのカフェで写真を撮り合って、当時流行ってたヘンなアプリで加工して遊んだ。

愛子さんと三人でどこか行こうという話になって、どういう訳かロマンスカーを予約して、江ノ島まで行って、生しらす丼を食べた。

雨宮さんが予約してくれた円山町の店で豊田道倫と薬子さんと四人で食事したあと「もう一軒いこう、大森さんも呼ぼう」ってことになって電話して「もう寝ようとしてます」と言う大森靖子をセンター街まで呼び出して、やかましい学生でごった返す安い居酒屋に入った夜もあった。あれは２０１２年か。

最後に会ったのは、私が。

話の途中だけど、さようなら。

ありがとう美穂ちゃん
お疲れ様でした
またどこかで

もう花束みたいな恋なんてしない

松本亀吉（ライター）

昨年話題になった映画『花束みたいな恋をした』を Amazon Prime で観た。「天竺鼠の単独」から始まるポップカルチャー・アイテムの連発。市川春子「宝石の国」、滝口悠生「茄子の輝き」、今村夏子「ピクニック」。ヤンキーに見えないヤンキーが集まるカラオケ屋に見えないカラオケ屋に爆笑。行ったことあるわぁ。胃を半分切ったおじさんと話す。好きな言葉は「バールのようなもの」。私も Google ストリートビューに映り込む興奮を味わったことがある。

シンパシー満載で繰り出される固有名詞群の中で、唯一架空の名前に差し替えられているのが雨宮まみだ。私は、uemura さんが note に書かれていたシーンを確認したかったのだ。

『恋愛生存率』というブログがあった。その筆者、めいさんが自ら命を絶った。『この人は私に話しかけてくれている』。そう思える存在だった」というモノローグに乗って、主人公のカップルが江ノ島で生しらす丼を食べる。「めいさん」は明らかに雨宮まみのことだ。

uemuraさんは「坂元裕二は松本亀吉のブログを読んだろうか？　亀吉さんの追悼記事には、雨宮さんとの江ノ島旅行の思い出が写真とともに綴られており、同行したもうひとりの友人と三人で生しらす丼を食べたそうだ」と書かれている。

そうなのよ。雨宮まみが登場するシーンで、江ノ島で生しらす丼を食べるという演出は、私のブログを読んでいなければありえない。そのとき発せられる「勝手にいなくならないでよ」というセリフが、まるで多くの人が抱えたままの雨宮まみへの想いを投影しているように思えた。

雨宮まみさんの死については多くの関係者が口を閉ざしたままだ。吉田豪さんが『週刊漫画ゴラク』に書いた「書くことの厳しさ」というタイトルのエッセイを読んだだけだ。雨宮さんのスタンスを鋭く分析しつつ、温かく優しく正直で、追悼文のアンソロジーがあれば巻頭に収録されるべき名文だった。

雨宮さんについて改めて語るならば、口火を切るのは彼女の知人の中でおそらく最もおっちょこちょいで軽率な私の役目だろう。

雨宮さんが亡くなる三年前のクリスマス・イヴに、私はTwitterで彼女と大喧嘩をした。彼女が「クリスマス・イヴなのに恋人もおらず仕事をしている自分」について自虐的なツイートをしていて、私が典型的なクソリプをしたのだ。

たしか「もう恋愛なんかあきらめればいいじゃない」と書いた。彼女は激昂した様子で「その言葉には耐えられない」と返信、私のアカウントをブロックしたのだった。雨宮さんの親友だった薬子さんからも「最低な発言だ」という旨のメッセージが届き、私は一瞬で二人の美しいガールフレンドから絶交されてしまった。

とはいえ、みんな大人なので、年明けには雨宮さんから何事もなかったようにメールが来たし、薬子さんとは同じ新幹線に乗って火葬場へ行った。仲直りできて良かった。

二〇一三年一二月二四日の夜に私が発した「もう恋愛なんてあきらめればいいじゃな

い」という言葉が、なぜ彼女を激怒させたのか。

雨宮さんは徹底的に恋愛が下手だった。愛することも愛されることも難しい。苦戦の連続だ。手に負えない。傷だらけだ。どうすればわかりあえるのか。何が心を奮い立たせるのか。何が穏やかにしてくれるのか。暗中模索。社会と他人と自分にどう折り合いをつければいいのか。恋愛に対する壮絶な葛藤を真正面から描くのが彼女の作品で、その真剣な試行錯誤が多くの女性たちの共感を呼んだ、と私は思っている。迂闊な私のクソリプは雨宮さんの戦いを茶化し、彼女のモチベーションとアートを全否定したのだ。そりゃ怒るよね。

二〇〇七年の『溺死ジャーナル５００』に象徴的なやりとりが載っている。

アダルトビデオ論客として雨宮さんとミック博士に対談してもらった記事で、私は司会をしていた。要約すると、ある作品を「泣けるＡＶ」と評する雨宮さんの言葉に反応した私が「何回もセックスして最高やん。なんで泣いてるねん、と思うけど」と言い、雨宮さんは「でも、心はここにないんですよ？」と言う。「でもセックスできてるからええやん！」と強弁する私に雨宮さんは呆れて「亀吉さん、こだわりますねえ！」と笑った。

恋愛が下手な雨宮さんと、恋愛というもの自体を理解しない私。永遠にすれ違う不毛な論争。いま会ってもおそらく同じ会話をするはずだ。私は花束みたいな恋を知らない。知っているのは線香花火みたいなセックスだけだ。

雨宮さんの死に傷つき、後悔している人たちを私は知っている。豪さんの追悼文は岡田有希子や堀口綾子への想いにも触れ「後は任せて下さいとはとても言えないですけど、こっちはこっちで自分なりの戦いは続けていきます」と締められている。

美穂ちゃん、そちらはどうですか。おれは相変わらず、誰とも、何とも、まったく戦ってないよ。

東京で聖者になるのはたいへんだ

九龍ジョー（ライター）

その劇場は、以前はオーディトリウム渋谷という映画館だった。切り替わりに伴いプログラム担当者も同館を辞めることになったのでまあ半ばやけくそというか、やってしまえという判断で最後にアダルトビデオをスクリーンにかけた。年末だった気がするのだけど、調べてみたら二〇一四年の二月だ。タイトルは『劇場版　テレクラキャノンボール２０１３』。

六日間限定のレイトショー興行だった。その最終日に私もトークゲストに呼ばれていたので、あらかじめ作品を観ておこうと前日の上映に足を運んだ。その日トークゲストは雨宮まみで、案内されたのもまんまと隣りの席で。ナンパセックスに勤しむカンパニー松尾隊長以下キャノンボーラーたちと一筋縄ではいかない女たちとの抜き差しを並んで鑑賞した。雨宮まみと会ったのは、それが最後だった気がする。もっともその後も何度かメールのやりとりはあった。女殺油地獄の七之助がよかったとかなんとか。

オーディトリウムはいまはユーロライブという劇場に看板を付け替え、お笑いや落語などを見せる小屋となった。おそらく私は、このユーロライブで日々行われているあれこれについて世界中でいちばん書き散らかしているライターだろう。

二〇一六年一一月一二日、ずっと観客で来ていたユーロライブの月例落語会「シブラク」こと渋谷らくごのトークゲストに呼んでもらった。この月は瀧川鯉八祭りで、だけど鯉八の出ない回。鯉斗、ろべえ、昇々、馬石、それでも最高の顔づけだ。とくに最近は昇々に夢中である。春風亭昇々。わざと座布団からはみ出して時空をずらすムーヴが師匠譲り。

トークに呼んでくれたのはサンキュータツオだ。タツオと私は同い年である。陰毛が生えそろった頃、同じ空気を吸いながら談志の高座をじいっと見つめていたという共通の原体験だけでもう、言葉はいらない仲だ。いや、この日は二人、言葉を尽くして、お客さんの前でおしゃべりをしたわけだが。

「久しぶり」

トークを終えて通路に出たところで小柄な女性に話しかけられた。一瞬わからなかったが、丸山さんだ。むちゃくちゃ音楽好きな丸山さんだ。むちゃくちゃ、というのはドローンとかサイン波とかそういうエクスペリメンタルなライブに足繁く通うマニアックな音楽好きであるところのむちゃくちゃで、おまけに結婚して京都に引越したはずだし、こんな二ッ目の落語家が鎬を削る渋谷の現場にいることは想像できなかった。なにしろ数年ぶりの再会でもある。

「おお？　どうして」

「最近、落語好きで。九龍さんの原稿も読んでるよ。松之丞さんの記事とか」

たしかに神田松之丞の講談は音楽好きにもウケがいい。落語ブームらしきものの片鱗を少しだけ実感しながらそれにしても丸山さんは綺麗で、相変わらずそういう人から話しかけられると私は目が泳いでしまう。なんとかならないものか。落語いま面白いよねえ、とか適当に返して帰宅したら、丸山さんらしき匿名のツイッターアカウントを見つけてしまった。落語ブーム云々、なんて次元ではなかった。丸山さんはいろんな落語会についてつぶやいていた。あの頃のように、サイン波を聴きわける精度で。

女性にはかなわない。いつだってそうだ。よくわからないいまだ言語化されていない有象無象がカルチャーの現場で起きているとき、その場に居合わせるのはいつも女の人だった。女のマニアックな趣味は男の影響なんてバカな話で、少なくとも私は女性に教えてもらってばかりだ。彼女たちのセンスをパクる。それを原稿に変えて換金するという私の野暮ったさをコーヒー一杯で赦してくれるのだから、彼女たちは寛容である。

私がカルチャーについてなにがしかを書くことで原稿料をもらうようになったきっかけは五反田団という劇団で、その存在を教えてくれたのも当時つきあっていた彼女だった。公演に通うようになって何度目かのこと、友人の柳田ことやなぎくんとこまばアゴラ劇場に五反田団を観に行くと、まだその頃は客席もガラガラで、あれは『おやすまなさい』という作品だったと思う、開演ぎりぎりに息を切らせながら駆け込んできた女の子がいた。緑のワンピースに髪をポニーテールにまとめたその女の子は私たちのすぐ前の席に座り、ゼエゼエと息を整えながらカバンからがさごそ眼鏡を取り出してかけた。赤い鼈甲の眼鏡だった。あれ、妖精だろ？　二次元かよ。終演後、やなぎくんと笑い合った。

あの女の子はどこで五反田団を知ったのだろう？　出演者かスタッフの知り合いだったのだろうか。あれから何年かしてとうに五反田団主宰の前田司郎も才能証明を終わらせて人気も獲得した頃、あの女の子の話を振ってみたことがある。知らない、と言う。そりゃそうだ。でも、私はあれから何度もあの子と会った気がする。御殿場のガレージでceroが演奏したときも、『テレクラキャノンボール』の最初の上映でも、シブラクの客席にもいた気がする。そしていまは表参道のプラダの向かいにある能楽堂の見所にいる。

九龍ジョー、という名前はやなぎくんがつけてくれた。『実話マッドマックス』という雑誌の編集部で働いていた頃、ライターが薬物絡みで飛んでしまって、それまでも彼の原稿には大幅に私が手を入れていたのだが、いよいよゼロから書かなくてはならなかった。ペンネームが必要だ。やなぎくんに電話をすると、歌舞伎町を歩いていた。

「これから目に入った看板を読んでいくから、好きなものを名前にすれば？」

あのとき彼が読み上げた「九龍城」という名前の店はもう存在しないらしい。先日、久しぶりにやなぎくんと飲んだときに教えてくれた。

そう、今年のハロウィン、ボニー・プリンス・ビリーのライブを観た帰りに、道玄坂のやきとり屋でやなぎくんと岡村さんと飲んだ。岡村さんと会ったのは十二年ぶりで、前回、最後に会ったのもボニー・プリンス・ビリーのライブで、それがボニー・プリンス・ビリーことウィル・オールダムの初来日だった。今回は十二年ぶり二度目の来日。会場は前回と同じく渋谷O-nestだが、実はこの十二年の間にO-nestは「TSUTAYA O-nest」に改名し、ネーミングライツが切れて、また元の名前に戻っている。

岡村さんは私より五歳ほど年上のはずだが、さらに若々しくなっていた。十二年という時間のすりあわせは、思ったよりも重かった。共通の友人であるユキコさんが病気で亡くなったこと。別れた奥さんとの間の子供がずいぶん大きくなったはずだが、会えていないこと。会えていないどころか、奥さんも子供も行方すらわからないこと。でも、そんなことよりもなによりも……と前置きして、岡村さんは絞り出すような声で告白した。

「全音楽データを保存したハードディスクが飛んじゃってさあ。二テラあったんだよぉ。全部消えちゃってさ。そしたらもう、大学出てぐらいからの俺の人生、いったいなんだったのかなあって。もうなにもする気なくなっちゃって――」

おおげさとは思わなかった。ライナスレコード、ワルシャワ、タワーレコード。岡村さんが好んだUSインディは、アメリカの片田舎から中央線の畳部屋へ。CDというレガシーメディアに乗ってデータが運ばれた二〇〇〇年代。

たぶんいまのところ、私が人生でもっとも集中して音楽を聴いたのも、その頃だ。AVメーカーでモザイクをかけるバイトをしていた。二十二時から翌朝十時まで、十二時間交代制の夜シフト。画像処理ソフトで一コマずつ男性器にマスクを切っていく単調な仕事だった。作業中はずっと好きな音楽を聴いていた。半日かけても平均一分ぐらいしかモザイクは進まない。同僚に高橋というネットに強い男がいて、彼は、当時の言葉で言うと「割れ（ware）」、つまりは違法ソフトウェアに精通していた。私がそのバイトをやめるとき、高橋は銭別に何枚か「割れ」のCD-Rをくれた。中の一枚に、ファミコン全ソフトのデータが入っていた。三百メガもなかったと思う。ガキの頃、夢中になってプレイしたあのゲームすべてが、それどころか、とうていプレイしつくすことなんてできなかった全メーカーの全ソフトが、たったそれだけのデータに収まっていることが衝撃だった。エロ動画一本よりも軽いなんて。

そんなことよりも、いまは消えてしまった岡村さんの二テラバイトだ。以来、岡村さんは新しい音楽への関心を急激に失ってしまったのだという。でも、またその止まった針を動かせるのではないかと一縷の望みを抱きつつ、十二年ぶりに来日したボニー・プリンス・ビリーのライブを観にきた。おまけのように私たちとも十二年ぶりに再会できて、それだけでもう二テラに匹敵するデータ量を補完できたわ、などととてもSEとは思えないアバウトな見立てをして微笑んだ。

前回も、そして今回もボニー・プリンス・ビリーを日本に呼んだスウィート・ドリームス・プレスの福田教雄さんは、横浜市立大学というマイナーな公立大出身の私にとって数少ない大学の先輩だが、在学時につながりはなかった。福田さんとつながっていたのは、五反田団を教えてくれた彼女だった。

彼女もやはり同じ大学の先輩で、当時、福田さんと現・なぎ食堂の小田晶房さんが創刊したインディペンデントマガジン『map』に寄稿していた。雑誌に寄稿する——その行為は私の目にはとても眩しく映った。自分が雑誌になにかを書くなんて未来は想像だにしなかった。

大学を卒業し、最初に勤めたテレビ番組制作会社は一年続かず、築地市場の仲卸も一年、そのあと潜り込んだ広告代理店もブラックな労働環境についていけず、絵に描いたようにフラフラ過ごしていた。自分になにができるのか？　そもそもなにが向いているのか？　ハローワークで紹介された「中野区」の「映像編集」とだけ書かれた仕事は、フタを開けてみればＡＶのモザイクがけだった。でも、それもクビになった。いや正確には、クビになるとわかったから、適当なウソをついてやめたのだ。ある日、モザイクの仕事を無断欠勤した私に、会社から初めて電話がかかってきた。

「どうして出社しないの？」

「手が痛くてマウスが握れないんです」

とっさに出たウソだった。十分ぐらいしてまた電話がかかってくる。今度は同僚のまっつんからだ。まっつんは声をひそめて言う。

「いま、クビにするかどうか会議が開かれてます」

それを聞いてすぐ自分から電話をかけると、私より歳の若い上司が出たので、こう告げた。

「就職決まったんでやめます」

「そうなんだ——」

続けて上司はこちらの予想しないことを聞いてきた。

「で、どこに決まったの？」

なにも考えていなかった。床に置いてあった雑誌が目に入った。

「ブブカに決まりました」

電話を切って、その雑誌『BUBKA』を改めて見てみると、正式な社名は「コアマガジン」とある。たわむれにホームページを覗くと、バイトを募集していた。

「特技はモザイクがけです」

「えっ？　すごいね。モザイクって業者に頼まなくてもかけられるの？」

「かけられます。余裕だと思います」

「じゃあ、明日から来て」

即、採用が決まった。二〇〇三年の夏だった。あれからそれなりの時間が経ったはずだが、あの頃の重さ、だるさはまだ、からだに刻み込まれている。

岡村さんとやなぎくんとハロウィンでごった返す渋谷駅で別れ、山手線に乗った。スマホで前野健太の「吾郎」を聴く。ちょうど一年前、ハロウィンの喧騒の中で閉店した新宿三丁目の純喫茶「吾郎」のことを歌った曲だ。曲ができたのは、その閉店の翌朝だった。

歌ができた二時間後には前野から私の手元にＭＰ３のデータが送られてきた。前野と一緒に『今の時代がいちばんいいよ』という弾き語りアルバムを制作している最中だったからだ。突発的に完成した「吾郎」は、アルバムの曲順のいちばん最後に収められた。

シブラクでトークした日、それさえなければ丸山さんとお茶でもしたかったのだが、すぐに青山へ移動しなければならなかった。草月ホールで前野健太の九周年ライブがあったからだ。ツーデイズ開催の一日目。この日はソロ弾き語りのため、必然的に『今の時代がいちばんいいよ』からの選曲がメインとなった。ゲストにチャゲが呼ばれていた。CHAGE and ASKA のチャゲだ。

私はチャゲと前野が初めてステージで共演する瞬間を目撃している。昨年、チャゲ主催のフェスティバルでのことだ。「チャゲフェス」と呼ばれるそのフェスでは、チャゲの曲のうち、ゲストからのリクエストに応じて一曲共演するのがルールであるらしく、前野からのリクエストは「黄昏を待たずに」だった。ロック色の強いチャゲアス往年のヒット曲。チャゲの右に前野が立ち、イントロが鳴った瞬間、それまで座っていた千人超の観客が総立ちとなった。そこまで、と私は思っていなかったのだが、飛鳥のドラッグ逮捕からまだ半年しか経っておらず、チャゲ周辺やファンの間ではその話題を出すことも憚られていたらしい。ましてやチャゲアス時代の楽曲を演奏するなどありえないし、実際、チャゲはそれらの曲を封印している状態でもあったのだという。その禁を前野が破った。あんなにも一斉の総立ちを見たのは初めてだった。さっきまで紳士淑女然としていたチャゲフェスの観客たちは、悲鳴のような歓声を上げた。

「あれ以来さ、チャゲアスの曲、やってもいいかなと思えたんだよ。マエケンのおかげだよ」

そう感謝しながら、チャゲがまず前野の九周年ライブで披露したのは、「ひとり咲き」だった。チャゲアスのデビュー曲。もちろん前野とのデュオである。演奏を終えて、チャゲがつぶやく。

「いい曲でしょ？　やってもいいよね。だって、いい曲だもの」

その言葉に草月ホールの二階席で深く頷く劇作家がいた。ハイバイの岩井秀人だ。岩井はこれから前野と森山未來と三人で舞台をつくり、来年二月に上演することになっている。ライブの数週間前、ハイバイの制作である三好佐智子から、前野に舞台俳優としてのオファーをしたいがどう思うかと尋ねられた。森山未來の口から「前野健太」の名前が出たという。どう思うもなにも、本人に聞くしかないのでは、と言うと、「じゃあ、飲み会をセッティングしてくれませんか」となり、前野、森山、三好と私の四人で歌舞伎町で飲むこととなった。一次会のインド料理屋でしたたかに酔い、ジャズ喫茶ナルシスへ。その店は、前野が森山の出演するNHKのドキュメンタリー番組に音楽を提供した際に初お披露目となった新曲「人生って」の舞台でもあった。歌の中で〈ぼく〉は、ジャズ喫茶のママに「人生ってなんだと思う？」と聞かれ、考えた末に、こう返す。

「遊びですか？」

するとママはこう答えるのだ。

「あたし思うの。人生って、あがき」

その店に森山を連れていった時点で、前野には出演の覚悟ができていたのだろう。あとは岩井と前野の顔合わせだけだ。飲み会の数日後、東京芸術劇場の稽古場に前野とともに訪ねると、岩井は、まさに今回の舞台作品のためのワークショップの最中だった。大勢の子供たちに、岩井がなにかを書かせている。子供たちの言葉をもとに、舞台を立ち上げようという試みなのだ。前野は子供たちの書いたスケッチブックに目を通すと、「やばい。ほとんどビートニクですよ」と目を輝かせて、私に何枚かを見せた。なるほど前野らしい言葉がピックアップされており、その前野の選択眼がすでに岩井の作家心を刺激していた。きっとこのプロジェクトは面白くなるだろう。後日、タイトルが決まったと知らされた。『なむはむだはむ』。ワークショップ中に子供たちが生み出した、死者を弔うための言葉だという。

そしていま、岩井は、草月ホールで遅ればせながら初めて前野の歌を聴いた。おまけに岩井は、ハイバイの近年の傑作『おとこたち』という作品の中に「太陽と埃の中で」を熱唱するシーンを挿入するほどのチャゲアスファンだ。いや、劇中で曲を使ったからといってファンだとはかぎらないのだが、この日のチャゲと前野の「ひとり咲き」に大興奮していた岩井は、やはり大のチャゲアスファンだった。しかし、それ以上に前野の歌に興奮していた。

「いやあ、マエケンの歌、あらかじめ聴いてなくてよかったわ。聴いてたら、声かけるの遠慮してたかも。すごすぎる」

そう感想を述べる岩井に、ぜひ明日も観てほしいと誘った。明日……つまり、二日目はバンドセットだ。おそらくまた、ぜんぜん異なる前野の音楽性を目の当たりにすることになるだろうから。

一一月一三日——二日目も岩井は観にきた。そして、予想どおり、また違う次元のクオリティのライブが繰り広げられた。ドラムにPOP鈴木、ベースにシゲ、ギターに三輪二郎、パーカッションやサックスにあだち麗三郎が入り、さらに曲によっては、チャゲフェスで出会ったコーラスグループ・AMAZONSが加わる。

ハイライトは「今の時代がいちばんいいよ」だ。一度、フルに演奏したあと、前野はこんなことを言って、曲を頭からやり直した。

「ごめん、いま俺、いまの時代がいちばんいいと思えてなかった」

二度目の演奏。たしかに一度目よりも、高らかなエイトビートにふさわしい肯定感に満ち溢れている。ただ、こうも思った。「今の時代がいちばんいいよ」というサビに対し、「はたして本当にそうなのか？」という自問を滲ませた一度目の演奏にも、捨てがたい魅力があったと。

前野健太ライブの余韻を引きずったまま翌一四日、この日は夜、渋谷のアップリンクの中村祐太郎監督特集のトークゲストに呼ばれた。

上映作品は昨年完成したものの東京では未公開だった中編映画『アーリーサマー』。主演のＧＯＮがいい。日本映画界に必要な俳優だ。鬱屈を溜め込んだしなやかなからだは美しく、いつまでも見つめていたかった。

トークでは同じく出演者である俳優の川瀬陽太も飛び入り参加した。ここ数年、川瀬の姿をありとあらゆる邦画で観るのだが、かなりの確率で主人公の地元の先輩役を演じている。『アーリーサマー』でもそうだった。振り返ってみて、いちばん強烈な印象として残っているのは『サウダーヂ』だ。あの川瀬演じる先輩は怖かった。私には里帰りした地元で怖い先輩にシメられるという経験はないが、小学校低学年だった頃、通学路でよく高学年のアリマという男から意味もなくいじめられた記憶が蘇った。毎月ぐらいの頻度で、胸ぐらをつかまれ、罵声を浴びせられるようなことが続いた。決まって場所は、近所の通学路で、甲州街道から少し入った路地だ。こちらは一人、向こうも一人。誰にも言えず、おまけに難癖をつけられる意味もわからないから、私にとってアリマはただただ強大な暴力装置でしかなかった。圧倒的な暴力に、毎回私は号泣した。アリマが中学に上がることでいじめは止んだのだが、その路地を歩くのはしばらく怖かった。

幡ヶ谷には高校一年までいたが、バブル崩壊のあおりで父親の経営する会社が倒産し、夜逃げ同然で引越しをした。ほとぼりが冷めてからも、何年もの間、幡ヶ谷には近寄りがたかった。大学を卒業する頃、就職活動もせずにいた私に、たまたま知り合いがテレビ番組の制作会社を紹介してくれて、その住所が幡ヶ谷だった。なぜか運命的なものを感じて、面接のために何年かぶりに幡ヶ谷駅に降り立ち、あっさりと採用された。街も、あの路地も、記憶していたよりもはるかに小ぶりに感じられた。

翌一五日。自宅そばのいつものアジア料理屋の屋台で軽くひっかけて帰ると、妻がいなかった。電話も通じない。ままあることなので放っておいて先に寝たものの、深夜になっても連絡がなく、心配になってきた。ようやく明け方、意識の片隅で玄関の鍵を開ける音がした。妻は寝ている私の側にそうっとやってくると、まだ誰にも言わないで、と前置きしてこう告げた。

「雨宮さんが死んだ」

意味がわからなかった。

それは喩えとかそういうもの？

違う。雨宮さんの連絡がつかないってKさんから連絡があって、一緒に雨宮さんの部屋に行ってきたの。警察も呼んで、鍵屋が開けて――。そこまで聞いて、妻の精神状態が心配になった。

「倒れてたの？」

「私は部屋に入ってない。警察が見つけて。明日、ご家族が上京する」

そこまで確認した瞬間、雨宮まみとの楽しかった思い出だけが凝縮した塊となって襲ってきて、大きな声を出してしまった。

「バカだなあああ」

それよりも大きな声で妻は堰を切ったように泣き出した。

雨宮まみと私は同い年で、誕生日も近い。お互い四十歳になったばかりだ。「40歳がくる！」なんて連載をはじめて、四十歳をサバイブすることをドキュメントしておいて、それはないだろう。こないだ私がリキッドルームで前野健太とceroの七年ぶりの対バンを見てる夜だって、裏で盛大な誕生パーティをやっていたじゃないか。

エロ本や実話誌の世界の片隅であくせくしていた私が、最初に雨宮まみの文章に撃ち抜かれたのは、彼女のホームページの日記に書かれたこんな一文だった。

「私は『ウィークエンド・スーパー』の時代を知りません。『写真時代』の時代も、知らない。『HEAVEN』も『JAM』も見たことがありません。でも私は『千人斬り』を知ってます。『URECCO GAL』も知ってる。『マッドマックス』も知ってるし、『ウォーB組』も知ってます。セルビデオの世界には、オーロラプロジェクトがあり、実録出版があり、豊田薫があり、ワープがあり桃太郎がありゴーゴーズがあり、ドグマがあり、V&Rプロダクツもある。その世界は信じられないくらい、豊かなんです」

『実話マッドマックス』を知ってくれている。当時、私は世界でいちばん面白い雑誌を作っていると思い込んでいたので、そこに名前が刻まれているということが誇らしかった。それはつまり、同世代のAVライターによる、「今の時代がいちばんいいよ」という高らかな宣言だった。いつか『マッドマックス』でもなにか書いてもらいたい。コアマガジンの別の編集部に打ち合わせで来ていた雨宮まみを紹介してもらったが、その直後に、私も編集部をやめて、彼女と同じフリーライターとなった。

書く媒体は似通っていたし、たまにイベントなどで顔を合わせることも増えた。あれは二〇〇七年、松江哲明監督の特集上映だったと思う。松江のAVデビュー作『前略、大沢遥様』について私が解説を書き、雨宮まみがトークで出演したとき、その打ち上げで、お互いに仕事の領域を線引きするようにしよう、と冗談を言い合った。ただ、雨宮まみと私とでは、立場も、背負っているものも、まったく違っていた。彼女は女性であることで、常に業界関係者からの妨害や軽口やプレッシャーに曝され、しかしそんなことをものともせず、自らの手で存在証明を果たしていた。とうてい敵う相手ではなかった。

そもそものアダルトビデオ観も違っていた。彼女はそこに人間ドラマや男女の性愛にかける情念を見出そうとしていたが、私はむしろ非人間的な、実用性を重視するあまり性交からかけ離れて奇形化した欲望やポストヒューマンな可能性を見ていた。彼女はV&R系の監督を愛し、私は森川圭や宇佐美忠則といった監督を愛した。相容れるわけがなかった。

だから、私が劇団ポツドールの三浦大輔へのインタビューで、彼のルーツの一つであるV&R作品のことについて触れたとき、雨宮まみはカチンときたのだろう。ブログで批判を書いてきた。サブカル風にAVを扱ってんじゃねえ、という彼女の逆鱗ポイントは理解できたが、元のインタビュー原稿を読んでもらえればその批判が妥当でないことはわかるはず。そう返すと、雨宮まみは「原稿は読んでいない」と言う。「ただ、からかって茶化しただけだ」と。雨宮まみほどのライターが、同じくライターで身を立てている人間に対してそれはないんじゃないか？　あなたを敬愛しているからこそ、それはありえないよ。
このやりとりの時点で、雨宮まみは私に形式的に謝罪したが、同じ頃、彼女の別のブログ記事も炎上しており、結果として、雨宮まみはネットそのものから遠ざかった。この時期、彼女の中でずっとはりつめていたなにかがピークに達し、弾けたように見えた。二〇〇八年のことだ。

　その年の暮れ、雨宮まみから「直接、会って謝らないと年が越せない」と連絡があり、私の住む吉祥寺で飲んだ。ハモニカ横丁のなよ乃というバーだ。雨宮まみは芝居がかった風に私の手を両手で包み、「すみませんでした」と頭を下げた。学級会みたいで笑ってしまった。その一年後、彼女は「セックスをこじらせて」という連載をスタートさせる。もう、失うものもない。そんな覚悟と筆圧の伝わってくるその連載は、のちに『女子をこじらせて』という本にまとまり、雨宮まみの名を世に知らしめた。

　それからは豊田道倫のライブなどで顔を合わせる程度だったが、ツイッターなどでは、私が連載を始めるたびに、自分のほうがぜんぜん売れているにもかかわらず、「九龍ジョー、あの野郎～」と、わざわざ媒体名まで添えてつぶやいてくれた。やはりツイッターで松江哲明監督に、「二人はどういう関係なんですか？」と尋ねられたとき、雨宮まみは「強《と》敵《も》」と書いてくれて、このよくわからない魑魅魍魎跋扈するライターの世界で、自分がどんな場所から来たのかをハナから知ってくれている異性の同業者がいることの心強さを感じたが、感謝するのはもっとずっと先のことだと思っていた。

『音楽と人』という雑誌で、雨宮まみのコラム連載のすぐ下の欄で私の連載も始まった頃、久しぶりに飲まないかと誘われた。幡ヶ谷の中華料理屋だった。そのとき、雨宮まみが幡ヶ谷に引越したことを知った。家の近くのパン屋の店員がイケメンなのだという。そんなたわいもない話題の中で、私が幡ヶ谷出身だということを話すと、「ええっ、ここで育ったの⁉　なんか悔しい～‼」と笑った。

そう、雨宮まみはいつも笑っていた。おそらく私には、『東京を生きる』の張り詰めた息苦しさも、「40歳がくる！」の切迫感も、なにも感じ取れていなかったと思う。いまだってそうだ。でも、雨宮まみの書くものが好きだったし、いつまでも後ろからその背中を見ていたかった。なのに、彼女はとてもつもないスピードで駆け出すと、そのままクルクル空へと舞い上がっていってしまった。

「もっと話したかったのになあ」

「ホント……」

まだ号泣している妻が小さく頷いた。

雨宮まみが亡くなったことはこれから伝わっていくだろう。そのことを思うと、すべてが憂鬱になってくる。少し寝て目覚めると違う世界に迷い込んだようで、それでも普通に生活が続いていることが不思議でならなかった。

一六日朝、雨宮まみの死がネットに流れた。午後、密葬のため幡ヶ谷へと向かう。幡ヶ谷はもうどこかの地方都市と変わらない色をしていて、なんの感慨もわかなかった。

火葬場に多くの人がいた。どこに立てばいいかわからなくて、遠巻きに人々を眺めていた。久しぶりの人、もう二度と会わないかもしれない人と目で挨拶を交わした。

棺に眠る雨宮まみの顔は美しいままだ。ずっと憔悴しているように見えたKさんが、最後のお別れの直前、棺のへりによじ登って雨宮まみにキスをした。ドライアイスに包まれたからだの唇の冷たさを思ったら、涙が込み上げてきた。声も出てしまった。でもすぐに自分が芝居がかっているように思えて、どうしていいかわからない。火葬場から幡ヶ谷駅まで歩く方角もわからなくなって、気づいたら山手通りに出ていた。育った町だからそれ以上、迷えなかった。

ネットではいろんな人が追悼の言葉を述べている。ツイッターのタイムラインに関係のない話題もいっぱい流れていく。それぞれが、それぞれの気がかりを生きていることに、少し安心した。

「もらっておいたから」

一七日、妻から、雨宮まみの形見分けとして私の本『メモリースティック』が渡された。自分の本をもらっても、どうしていいかわからない。でも、雨宮まみとの最後のやりとりはこの本だった。シェルカウイの舞台をオーチャードホールに観にいったら、トークゲストで登場した森山未來のハーフコートのポケットに私のこの本が入っているのを双眼鏡で見つけたのだと、雨宮まみはツイッターに書いてくれた。最後に「九龍ジョー、あの野郎〜」という罵倒も添えてあった。森山未來のポケットに入っていたのは、前野健太たちと歌舞伎町で飲んだときに直接本人に渡したからなのだが、それは雨宮まみに言わなかった。

一八日、金曜日、神楽坂のラ・カグで前野健太と作家の窪美澄のトークショーがあり、その打ち上げで、雨宮まみが森山未來のポケットに私の本を見つけたとき、窪もその場に一緒にいたのだと教えてくれた。「このことを伝えたら、九龍ジョー、どんな顔するかな」といたずらっぽく話していたそうだ。実は、妻のもとにも「九龍がどんなふうに喜んでるか、こっそり教えて」と雨宮まみからメッセージがきていたのをあとで知らされた。ああ、うれしかったさ。むちゃくちゃうれしかった。森山未來だもの。でも、ほかの誰でもなく、それを雨宮まみが教えてくれたことがうれしかったんだよ。

数日中に業者がきて雨宮まみの家財を処分してしまうという。友人たちで手分けして、方々に連絡し、遺品の形見分けを急いだ。その間にも、雨宮まみの部屋の宅配ボックスにはアマゾンから次々とダンボールが届く。どんだけ注文してるんだよ。

一つの箱を開けると、そこには手帳が入っていた。来年の手帳だ。二〇一六年一二月から始まるそのページの白さを、私はそっと親指で撫でた。

AVライター失格

五ヶ月前、家の新聞受けに手書きの手紙が入っていた。赤字で書かれたその手紙はつきあっていた恋人からのもので、内容は、「自分は今までいろんな人とつきあってるんだかないんだかな関係を続けてきて（もちろん、私もその中の一人で）それぞれとテキトーに旅行に行ったり、浦安行ったり、温泉行ったりして遊んでて、ただ楽しくてみんな好きみたいな感じだったんだけど、バレたりしていろいろ人に迷惑かけて自分が情けなくなったので、これからは一人の女の人とつきあって、その人をちゃんと好きになろうと思う。勝手でごめんなさい」というものだった。もちろん、その「ちゃんと好きになる女の人」は、私ではないのだった。心から血が噴き出るようだった。

本当はその翌日に会って、別れ話をするはずだった。私の部屋には最後に彼に見せるための新しいワンピースがかかっていた。ワンピースを着ることはなく、その別れの手紙ひとつで、彼との恋愛は終わった。

彼とはむかし、夏にいちど寝たことがあった。そのまま何事もなく夏が終わり、冬の初めに突然電話がかかってきた。それは、彼の仕事に関する重要な問題についての話で、私は、さほど親しくもない私にそんな話を相談する彼の孤独を思い、強い動物の弱く危うくやわらかい部分を見たような気持ちになった。

『夜の中を　君の船が降りて来る』。そんな感じで、見境もなく爆発的にいとおしくなり、自分のもっているお金も生活もぜんぶあげてこの人と結婚したいと思った。

次の夏には休みを海外で一緒に過ごした。冬にはお揃いの指輪を買ってくれた。

彼の仕事はＡＶ監督で、はじめ私は彼の作品のファンだった。彼が出てセックスしていても、それを観て欲情するくらいで、嫉妬の感情とは無縁だった。喜んで彼のビデオを買っていた。

つきあい始めて、ときどき連絡が取れないときがあり、彼の家には浮気の気配が見えていた。そういうことが重なっていたときに、仕事で観ていたビデオに彼の作品の予告編が入っていた。不意打ちだった。そのときには、私は彼が作品の中で、自分のからだが反応する女優としかハメ撮りしないこと、いまひとつだったら男優にやらせること、を知っていた。

たとえ彼がハメ撮りしなくても、彼のビデオが見れなくなった。予告はもちろん、リリースされるタイトルすら見れなくなり、ビデオ誌を開かなくなった。自分が書いている雑誌はさすがに捨てられなかったが、そうでない雑誌は封筒のまま開かずに捨てた。それが届くことすら怖くて、届いた日は仕事にならなかった。半分、頭がおかしくなりかけていたと思う。

ＡＶには、ほんとうのことが映る。監督が女優を、どう思っているか、確実に映る。欲情していればそれが映るし、好きだと思っていればそれが映る。そして、そんなふうにして撮られたＡＶは「いいＡＶ」だ。私はそのことを、痛いほど知っていた。もし、彼のビデオで女優がキレイにイヤラシく映っていれば、それは彼が女優に欲情や好意をもっているということで、それは「良い作品」だということだ。

もちろん、「良い作品」を、撮ってほしいと思う。監督として評価され、成功してほしいと思う。そのためならどんなことでもすればいいと思う。自分が彼の立場だったらそうする。彼は私にハメ撮りをやめない理由を話したことがあり、私はそれには納得していた。監督ならば、からだで女を探るのは当たり前で、女と同じ立場に身を置いてなにかを見ようとするのも、当たり前だと思った。けど、納得できても平気にはなれなかった。どこかで彼の言葉を疑っていたし、じゃあ私はなんなの、という言葉が、どうしても言えなかった。私との間には何か、女優とするセックスとは違う、信頼関係のようなものがあるのか。浮気され、精神的な支え合いもない私たちの関係に、それがあるとは思えなかった。他の女に、彼が欲情しているのを見るのは、拷問に近かった。

そのうち、彼とまったく関係のないＡＶを観ていても吐き気がするようになり、涙が止まらなくなり、明け方は毎日のように吐くのが普通になった。仕事に差し支えるので病院に行って抗鬱剤を処方してもらったが、薬で感情が収まる日もあれば、どうにもならない日もあった。そういうときは手首を軽く傷つけた。腕時計のベルトで隠れる位置にひとすじかふたすじだけと決めていた。リストバンドが嫌いだから、たくさんの傷を作るのは嫌だった。

自分の心を傷つけるAVを憎んだ。こんなものがなんでこの世の中にあるんだろうと思った。全部なくなってしまえばいい。彼が「いい作品」を撮ることで、自分が傷つくことを知り、彼の作品を憎んだ。いやらしく撮れていればいるほど、彼の欲情を見れば見るほど、息が詰まり、このまま死ねればいいと思った。つらさはそのまま、彼への恋の強さと同じだった。

AVを観ることに喜びなんてなくなっているのに、AVを観ることを仕事にしている自分を恥ずかしく思った。そんな人間に仕事をする資格はないんじゃないのか。

「彼の愛情が足りなくて、そのことでいつも不安になって、どうしようもなくなる」と人に言ったら、「そうやって欲しがっているばかりだから駄目なんだ。愛情は与えるものじゃないのか」と言われた。

私は、彼にどんな愛情を、与えればよかったのだろう。愛情を与えられることを彼が望んでいなければ、何をしようがあったのだろうか。一応「つきあっている」状態で、「彼女」のように扱われていても、いつも、いつも、不安で仕方がなかった。もらった銀の指輪だけが心の支えだった。

『もう何も言わないで　それが愛と呼べなくても』
——（「Endless Game」山下達郎）

彼の部屋に泊まると、明け方必ず私は吐いた。彼が眠ると声を殺して泣いた。セックスだけが、彼に触れることのできる唯一の機会だった。彼の肌の感触を、忘れたことはない。彼のからだの全部が好きだった。電話がかかってくればいちばんいい服を着て、彼の好きそうな化粧をして、出かけた。私は、何が欲しかったのだろう。彼に、認めて欲しかった。自分の劣等感を、彼に好かれることで消してしまいたかった。愛されれば、自分に自信が持てるのだと信じていた。それが依存だと、他力本願だと、気づかなかった。「恋愛」という言葉にすり替えて、私は彼に自己肯定の根拠を求めて、求めて、拒絶された。当然のことだ。

彼と別れてからの一週間、私は自分のことを、ずっと考えた。なぜAVを観ているのか。なぜ彼を好きになって、彼を憎んだのか。そして「AVが好き」というのが半分ウソで本当はAVに出て奔放にセックスしている男や女や、何の罰も受けずにセックスをおおいに楽しんでいる人たちを激しく憎んでいることに気付いて、彼のそういうところを自分が「直そう」としていたことに、気がついた。馬鹿だ。馬鹿だと思う。他人のしていることを「間違っている」と決めつけ、「自分が正しい」と言う、なんて傲慢な、ひどいことをしていたのだろう。自分が、そういう人間だとわかって、私はなんか、ほっとした。それまでいつも、AV業界にいて居心地が悪かったり、何か得体の知れない不安を感じたりしていたのは、そのことを誰かに見抜かれるのが怖かったからだ、とはっきりわかったからだ。ＡＶ好きなフリして（実際好きは好きなんだけど）その反面憎んでいて、自分ができないことをやっている人たちが羨ましくて羨ましくてたまらないのだと、気付いて、すっきりした。馬鹿な自分は、ほんとうに馬鹿だったけど、その代わりなにも怖くなくなった。私は、そういう自分のことが、初めて本当に好きになれた。生まれて初めて丸裸になれた気がした。

『苦しめば　死ぬまで　泣いてすがって何度も　やり直し　情け容赦　無くて当然　こんがらがった人生　因果応報』

——（「R.I.P」ＧＲＥＡＴ３）

彼と別れてから、コンビニに行けなくなった。雑誌の棚に並んでいる『NUTS』や『小悪魔 ageha』を見ると吐き気がして胃が痛くなる。そこに彼の好みのメイクをして、彼の好みの服を着た、彼の好みの女が並んでいる。私には絶対に与えられないものを、彼女たちは持っている。彼が浮気していたのは、ああいう女たちだったのだろうか。彼がディズニーランドに行ったのは、どんな女だったのだろうか。服のまま犯して最高の征服感が味わえるような、そんな女だったのだろうか。まぶしすぎて苦しくてたまらなくなる。あれが彼の理想。あれが私の欲しかった愛情と欲情。そして私の理想の姿。

１０９の横を通り過ぎるとき、私はひそかに息を止める。ディズニーランドの前を電車が通過するとき、目を閉じる。２４６を走る車の中で眠ったふりをする。「彼が好きな、自分ではない誰か」の影を見るのがこわい。

ギャルを見ては胃が痛くなり、彼と寝ていたのはこういう女だったのではないかと思った。仕事で会う、かしこくて美しい女の全員が彼と寝ているかのような妄想に何度もとらわれた。その度に何度も彼のことを思った。「あなたが認めてくれなかったから、私は劣等感から救われなかった」と、彼を恨んだ。その歪みこそが、私の正体。おそらく彼が見ていた「ほんとうの私」だった。

劣等感なんて、自分で何とかすべきものだ。それを他人に押し付ける、そういう、きたない、みにくい自分から、目を逸らし続けてきた罰が当たったのだ。愛情はきれいなものだなんて、嘘だ。愛情のように見せかけて、他人に依存しようとしている姿は、みにくい。そういう最低の自分を見ずに、彼に劣等感から救ってもらおうとして依存していた罰があたったのだ。

彼は私にいろんなことを言ったけれど、「女は若くなくなったら終わり」だとか、そんなことは一度だって言ったことがなかった。きれいな人は、そうあろうとするならばいくつまででもきれいなんだ、とさえ言ったことがある。顔の造形より、内側からの自信がうつくしいのだと、言ったこともある。私は、何を聞いていたんだろうか。彼が私に与えてくれていた大事なものを残らず取りこぼしてただひたすら他人の美しさに打ちのめされて、自分を嫌い、顔だってぐちゃぐちゃに傷つけたいくらいに思っていた。彼は、ちゃんと、私のことを見ていたのに。

『落ちれば落ちるほどに　いやらしくもなれる　求めすぎたことが　間違いの　始まり』

——（「R.I.P」GREAT3）

私が彼を憎んだのは、浮気されたことでも、仕事のことでもなく「自分のコンプレックスが深まるばかりなのは、あなたが今の、そのままの私を愛してくれないせいだ」という、その一点だった。なぜ救ってくれなかったの、と、言いたかった。胸につかえて言えなかったきたたない言葉がそれだったのだと気付いたときに、私は自分の、ほんとうのみにくさ、ほんとうの劣等感を、知った。

罰とは、いちばん好きな男に、いちばんみにくい部分を見られるという、そのことだったと思う。私は、彼の、なにも、見ていなかった。彼に、なにも、与えることができなかった。愛することができなかった。

自分の足で立たなければ、他人を愛することなんてできないのだ。自分の足で立たなければ、ものを書くことなんて、できない。彼は、自分の足で立つひとだった。だから私は彼に憧れ、すがり、支えてほしくて必死になった。そのことにやっと、気がついた。

彼への手紙に、私は返事を書いた。「あなたは孤独な人でいつも苦しそうに見えたから、誰かをちゃんと好きになって、好かれて、それが幸せなんじゃないかと思う」みたいな、えらそうな、わかったような返事を。本当は、私には、愛することがどんなことかなんて、わからない。与える愛なんて、見返りを求めない愛なんて、わからない。好きだから愛して欲しかった。一度でいいからちゃんと愛して欲しかった。信頼して全身を、あずけて欲しかった。そういうことを求める気持ちが間違ってるとは思わない。愛情に見返りを求める、その激しい気持ちを今ここでごまかせば、また同じ間違いを繰り返す。あなたが欲しい。あなたの全部が欲しい。あなたの愛情の全部、あなたの欲情の全部、あなたの喜びの全部が欲しい。そう思わないでいられる恋愛なんて、私は知らない。

自分の目で、ＡＶを観たい。嫉妬してもいい。若い女の子をうらやんでも、ねたんでもいい。気持ちよさそうなセックスに、発狂しそうになってもいい。私は自分のこと、愛情のこと、わかるためにＡＶを観たい。

自由になりたい。自由になりたい。劣等感から、自分のみにくさから、彼に執着することから、ギャルを見るたびに胸が痛むことから。自分を、うまく愛せないことから。ぜんぶ捨てて、あたらしい気持ちで、朝の光を浴び、うれしいときに笑い、かなしいときに泣き、好きな人に好きと言い、嫌いなものからぱっと離れ、気分のままの服を着て、気分のままに歌をうたったり、歩いたり、はしったり、そんなことをしていたい。

いつか、私はほんとうにうつくしく、なれるだろうか。

いつか、彼に、きたないものをぶつけたことを、許してもらえるだろうか。

いつか、また、自分の足で立つ者同士として、戦友のように会えるだろうか。

私は、私自身に、ちゃんとなれるのだろうか。

『心のきしむ音が　聞こえるでしょ』

――（「Endless Game」山下達郎）

生きてゆく。失格になっても、図々しく生きてゆく。いさぎよく死んだりはしない。そんなかっこよさは、私には似合わない。いつかまた。いつかまた。今度は何かを、誰かに与えることができるように。束縛や依存でない関係を、つくれるように。そういう気持ちのことを、希望と呼ぶのだろうか。

さよなら、また。さよなら。またいつか。叶わないかもしれない希望をもつことを、私はもう、おそれない。

出典一覧

Ｗｅｂ連載「40歳がくる！」（大和書房ＨＰ　２０１６年５月〜２０１６年12月）
「雨宮さんと『女子をこじらせて』」小嶋優子　書下ろし
「東京のプリンセス」山内マリコ　（「小説新潮」２０２１年５月号）
「雨宮さんの言葉」穂村弘　（「群像」２０１７年新年号「獣の祈り」）
「私の中の雨宮さん」こだま　書下ろし
「拝啓、雨宮まみ様」ペヤンヌマキ　書下ろし
「雨宮さんが私を見つけてくれた。」里村明衣子　書下ろし
「書くことの厳しさ」吉田豪　（『帰ってきた聞き出す力』ホーム社）
「雨宮まみと「女子」をめぐって」住本麻子　（「中央公論」２０２２年８月号）
「２０１６年11月の日記より」松本亀吉　（松本亀吉 weblog）
「もう花束みたいな恋なんてしない」松本亀吉　（「溺死ジャーナル５０４」２０２３年８月）
「東京で聖者になるのはたいへんだ」九龍ジョー　（「SPADE」２０１７年春号）

著作一覧

『エロの敵』翔泳社（安田理央氏との共著）　２００６年９月
『女子をこじらせて』ポット出版　２０１１年12月
『だって、女子だもん!!』ポット出版（５人との対談集）　２０１２年11月
『ずっと独身でいるつもり？』ベストセラーズ　２０１３年10月
『女の子よ銃を取れ』平凡社　２０１４年５月
『タカラヅカ・ハンドブック』新潮社（はるな檸檬氏との共著）　２０１４年９月
『女子をこじらせて』幻冬舎文庫　２０１５年４月
『東京を生きる』大和書房　２０１５年４月
『自信のない部屋へようこそ』ワニブックス　２０１５年９月
『まじめに生きるって損ですか？』ポット出版　２０１６年６月
『愛と欲望の雑談』ミシマ社（岸政彦氏との共著）　２０１６年８月

雨宮まみ（あまみや・まみ）

一九七六年、福岡県生まれ。ライター。

女性性と上手く向き合えない生きづらさを書いた自伝的エッセイ『女子をこじらせて』（ポット出版）で書籍デビュー。以後、エッセイを中心にさまざまな分野で執筆。

著書に『ずっと独身でいるつもり？』（KKベストセラーズ）、『女の子よ銃を取れ』（平凡社）、『東京を生きる』（大和書房）、『自信のない部屋へようこそ』（ワニブックス）、『まじめに生きるって損ですか？』（ポット出版）。共著に『タカラヅカ・ハンドブック』（はるな檸檬氏との共著、新潮社）、『愛と欲望の雑談』（岸政彦氏との共著、ミシマ社）、対談集に『だって女子だもん!!』（ポット出版）がある。二〇一六年一一月一五日逝去。

40歳《さい》がくる!

二〇二三年一一月三〇日 第一刷発行
二〇二四年 二月 一日 第二刷発行

著者 雨《あま》宮《みや》まみ
発行者 佐藤 靖
発行所 大《だい》和《わ》書房
東京都文京区関口一 - 三三 - 四
電話：〇三 - 三二〇三 - 四五一一

装丁 木庭貴信(オクターヴ)
表紙写真 ワタナベアニ
扉写真 安全ちゃん
編集協力 小嶋優子
本文印刷所 信毎書籍印刷
カバー印刷所 歩プロセス
製本所 ナショナル製本

JASRAC 出 2307882-301

ISBN978-4-479-39414-3
乱丁・落丁本はお取り替えいたします。
http://www.daiwashobo.co.jp